Chatten, Drogen nehmen, Partys feiern, Mädchen aufreißen – und die To-do-Listen seiner Mutter umdichten, so verbringt der 17-jährige Jasper seine Zeit in der englischen Provinz. Mit radikaler Komik und vollkommen angstfrei porträtiert Ben Brooks eine hedonistische Jugend, die zwischen Internetpornografie und Psychotherapie, zwischen Facebook-Chat und Hippie-Eltern um ihren eigenen Platz in der Welt ringt.

Ben Brooks wurde 1992 geboren. *Nachts werden wir erwachsen* ist sein vierter Roman, und der erste, der auf Deutsch erschien. Er lebt in London und arbeitet an seinem nächsten Buch.

BEN
BROOKS

NACHTS WERDEN WIR ERWACHSEN

Roman

Aus dem Englischen
von Jörg Albrecht

Berlin Verlag Taschenbuch

FSC
www.fsc.org
MIX
Papier aus verantwortungsvollen Quellen
FSC® C083411

Mai 2013
Die Originalausgabe erschien 2011 unter dem Titel *Grow Up*
bei Canongate Books Ltd, Edinburgh

Umschlaggestaltung: ZERO Werbeagentur, München, unter Verwendung
einer Abbildung von Paper Boat Creative / getty images
Gesetzt aus der DTL Documenta von Greiner und Reichel, Köln
Druck: CPI – Clausen & Bosse, Leck
Printed in Germany
ISBN 978-3-8333-0888-8

www.berlinverlag.de

OH, WE KID OURSELVES THERE'S FUTURE
IN THE FUCKING,
BUT THERE IS NO FUCKING FUTURE

We Are Beautiful, We Are Doomed,
Los Campesinos!

TEIL 1

ROTER SEX UND KLEINE TODE

1

Es ist 2:46 Uhr, und ich bin wach. Schlaflosigkeit kann von einer Schilddrüsenüberfunktion kommen, von Diabetes, Muskelzuckungen, schwerem Essen oder exzessivem Koffeinkonsum. Oder von Stress. Ich bin gestresst, weil ich an Keith denken muss und daran, wie er seine Exfrau ermordet hat.
Ich gehe auf www.girlsoncam.com, gebe meinen Nickname »Mr Hard« ein und klicke auf »Raum betreten«.

Du: hey
Sexythai: hi babe, bis du geil?

Sexythai ist klein und mager. Ihre Haut hat die Farbe von dünnem Tee, ihre olivgrünen Augen stehen unverhältnismäßig weit auseinander. Sie liegt auf einer mottenzerfressenen Chaiselongue, die wackelt, während ihr Becken rotiert.

Du: klar
Sexythai: gehen wir privat?

Privat heißt, du zahlst Geld, um das Mädchen allein zu sehen, nur du und sie, und du kannst ihr sagen, dass sie sich fingern soll oder immer wieder deinen Namen rufen oder so tun, als wäre sie deine Kunstlehrerin. Ich bezahle nicht, um mit Mädchen allein zu sein. Wenn man sensibel ist, kann man sie manchmal zu einem Nippel-Flash oder einem schnellen Blick auf ihren Kitzler verlocken, ohne zu zahlen.

Sexythai: babe?

Pause.

Sexythai benutzt ihre Hände, um meine Aufmerksamkeit auf ihren Schritt zu lenken. Sie verkauft sich an mich, weil Thailand, trotz rasanter Industrialisierung, von Armut geplagt ist.
Ich weiß nicht, was ich hier tue.
Mir ist langweilig.
Ich bin ein großer, leerer Getreidespeicher.

Du: bist du buddhistin?

Ist sie auf jeden Fall. 95 % aller Thais sind Buddhisten.

Sexythai: ja

Ich wusste es.
Du: Theravada?

Pause.

Sexythai: ja, privat babe
Du: ich könnte einfach auf Wikipedia nachschauen

Pause.

Sexythai: schau hier

Sie zieht einen ziemlich unerigierten Nippel aus dem Körbchen und fängt an, mir die Zitze entgegenzudrücken. Ich fühle mich irgendwie eingeschüchtert, bin aber nicht geneigt aufzuhören.

Du: wie heißt du?

Pause.

Sexythai: ich will dich in mir baby
Du: sag so was nicht, mach es nicht kaputt
Sexythai: komm mit privat
Du: ich mag's hier, ist nicht so teuer

Pause.

Du: wie viele baht sind ein pfund?

Sie loggt sich aus.
Ich schreibe »Mr Hard« und »Sexythai« auf einen Zettel, weil ich finde, dass wir eine Connection aufgebaut haben und ich mit ihr an irgendeinem Abend gern mal wieder sprechen würde. Vielleicht rette ich sie vor der Armut

in Thailand, und wir heiraten. Ich bookmarke »Asien« als Favorit. Man sollte keine Favoriten haben. Dad war mein Favorit.
Keith ist ein Mörder.

Dad war keiner.

2

Morgens. 8:35 Uhr. Ich stehe am Fenster und schaue in den Garten. Keith ist draußen und massiert die Erde. Wahrscheinlich stellt er sich vor, dass die Erde das Dekolleté eines menschlichen Leichnams ist. Wahrscheinlich wird er gleich sein Gesicht an der Erde reiben.
Über ihm hat sich der Himmel geschichtet wie Fürst-Pückler-Eis. Rosa. Braun. Gelb. Sie fallen zusammen, gehen ineinander über. Rosbaraugnelb. In meinem Zimmer riecht es nach Bier und Tabak und Papier. Das Glas riecht nach Staub und altem, eingefangenem Sonnenlicht. Vögel sausen in den Wolken herum.
Ich mache meinen Laptop an und logge mich bei Facebook ein. Da steht, dass Georgia Treely online ist beim Facebook-Chat. Georgia Treely ist sicher nicht online beim Facebook-Chat. Der Facebook-Chat legt mich rein. Georgia Treely ist in meinem Psychologiekurs. Ich hätte gern eine sexuelle Beziehung mit Georgia Treely, aber das geht nicht, weil sie an Jesus glaubt und ihre Mutter bei Waitrose einkauft. Meine einzige Hoffnung ist, dass sie irgendwann eine Teenage-Rebellion gegen ihre häusliche Umgebung und deren Werte startet. Sollte das jemals passieren, werde ich mich anbieten, als Medium ihrer Revolte. Wenn mein Penis in ihre Vagina eindringt,

wird sie daran denken, wie sehr sie ihre Mutter hasst und wie unverschämt es ist, dass sie nie ausgehen darf.
Ich habe noch nie mit Georgia Treely gesprochen.
Ich öffne ein Chatfenster.

Ich: hallo
Ich: hallo
Ich: hallo
Ich: hallo
Ich: sorry
Ich: hallo
Ich: hallo
Ich: du bist nicht da
Ich: wirst du das jemals lesen
Ich: vielleicht nicht
Ich: nein
Ich: hallo
Ich: okay
Ich: sch

Georgia Treely ist offline.

Ich schließe das Laptop und hebe ein paar Klamotten vom Boden auf. Keith streichelt Unkraut im Garten. Gleich treffe ich mich mit Tenaya.

+

Ich bin mir sicher, dass Keith ein Mörder ist. Wenn man sich seine Geschichte mal genau anschaut, sieht man, dass seine Exfrau einfach zu verschwinden scheint, wobei er ziemlich gut wegkommt. Margaret Clamwell. Ruhe sie in Frieden.

Weshalb ich weiß, dass Keith ein Mörder ist:
1. *Scheidungsvereinbarung*
Als Keith Margaret Clamwell »verließ«, gab es keinen bösen Rechtsstreit, er kam aus der Ehe raus, ohne etwas zu verlieren. Keith bekam alles an flüssigem und festem Vermögen. Das heißt, er behielt das Haus und seinen 1968er Triumph TR 250 genauso wie die Altersversorgung und Wertpapierdepots (was für welche?). So laufen Scheidungsvereinbarungen einfach nicht. In einer Ehe, die nicht mit Mord endet, bekommt ein Partner die flüssigen Anlagen und einer die nicht flüssigen. Keith konnte nur beide bekommen, indem er Margaret Clamwell ermordete. Was er auf jeden Fall getan hat.

2. *Verdächtiger Hügel*
Keith lebte in einem Vorort namens Sarahdale. Das Haus, das er mit Margaret Clamwell bewohnte, war in der Huntington Lane 7. Wenn man spätnachts mit einer Skimütze überm Kopf und einer Taschenlampe in der Hand zum Haus geht, findet man einen ziemlich verdächtigen Erdhügel unter einem etwas lustlosen Apfelbaum. Man wird außerdem von den jetzigen Bewohnern weggejagt und bedroht. Das ist die Stelle, an der Keith Margaret Clamwell begraben hat.

3. Körperbau
Keiths Körperbau ist vom Typ mesomorph; er ist muskulös und hart. William Sheldon betrieb in den 1940ern Studien, die zeigten, wie das Temperament der Mesomorphen sie dazu treiben kann, Verbrechen zu begehen. Keith hat außerdem einen Schnauzbart in Fahrradlenkerform und könnte leicht einen Job in einer Schwulenbar finden. Schwule bringen sehr oft Leute um, wie »Dr. Tod« Jack Kevorkian. Keith ist so ein »Dr. Tod«. Keith ist ein Mörder.

4. Erziehung
Keith kommt aus einem »zerrütteten Elternhaus«. Sein Vater schlug ihn, seine Mutter nahm Heroin, und seine Schwester rannte weg, um als Prostituierte in einem Gothic-Zirkus aufzutreten. Das weiß ich, weil Keith mir gern erzählt, wie einfach mein Leben ist, indem er über seine Kindheit spricht, immer dann, wenn gerade was Gutes passiert ist. Manchmal kommt es mir so vor, als würde er mein Zuhause am liebsten kaputt machen, nur um mir eine Lehre zu erteilen. Keith ist auch spürbar unintelligent. Beides Risikofaktoren, wenn es um die Entwicklung krimineller Energien geht. Das heißt, dass man Keith nicht die Schuld dafür geben muss, was er getan hat, aber man sollte sich in Acht nehmen vor ihm, weil er einen umbringen könnte. Deshalb muss ich Keith irgendwie von Mum wegkriegen.

5. *Geständnisse*
Keith macht gern subtile Anspielungen, wie er seine Frau ermordet hat, indem er klischeehafte Ausdrücke benutzt, die auf Mord hindeuten. Einige seiner Aussagen über Margaret Clamwell lauteten zum Beispiel: »Das ist doch alles längst begraben« und: »Ich hätte sie umbringen können.« Ich weiß, du hast sie getötet, Keith. Keith ist ein Mörder.

+

Ich versuche noch einmal, Tenaya alle Beweise aufzuführen. Es ist Freitag, und wir sitzen bei Lily's, auf den bequemen, ausgebesserten Sofas am Erkerfenster. Man schaut auf eine schmale, holprige Gasse mit einem Shop, der Lavendelseife und Badebomben verkauft, und einem, der Ouija-Bretter, buddhistische Bücher und Räucherstäbchen im Angebot hat. Eine dampfende Kanne Tee steht zwischen uns, und wir haben keine Zigaretten in den Händen, weil die Regierung das verboten hat. Es war ein schlechtes Jahr für gute Dinge.
»Du kannst dir nicht sicher sein«, sagt sie. »Noch nicht. Warte noch ein bisschen, sammle noch mehr Beweise.«
»Das sind genug Beweise«, sage ich. »Er hat es in jedem Fall gemacht.«
Tenaya ist praktisch veranlagt. Sie durchdenkt immer alles sehr gründlich. Also ist Tenaya entweder nicht ganz überzeugt von Keiths Schuld, oder sie ist nicht ganz überzeugt, dass die Polizei ganz überzeugt sein wird von Keiths Schuld. Einer dieser Gedanken oder beide halten

sie davon ab, sich mit mir zusammen in die Sache reinzuhängen.
»Wir könnten sie doch exhumieren?«, fragt Tenaya.
Ich starre sie an. Meine Augen weit aufgerissen und aufgeregt. Keine Ahnung, warum ich nicht früher daran gedacht habe. So könnte man Keith definitiv belasten. Wir werden ihren Körper ausgraben, die Polizei anrufen, Mum ist in Sicherheit und Keith ordentlich weggesperrt.
»Fuck«, sage ich. »Ja. Daran hätte ich früher denken sollen. Wann?«
»Wir können nur samstags und sonntags. Morgen geht es aber nicht wegen der Party und am nächsten Wochenende nicht wegen der Psychologie-Exkursion. Das heißt entweder am 24. oder am 25.«
Nun grinse ich sie an. Ich freue mich, dass ihm endlich Gerechtigkeit widerfahren wird und dass ich bald einen toten Körper in den Armen halten darf. Ein echter toter Mensch. Ein Mensch, den Keith geötet hat, vielleicht mit seinen bloßen Händen oder mit einem Küchenmesser oder einer abgesägten Schrotflinte oder Gift. Es wird vielleicht ein Krater in Margaret Clamwells Schädel sein, da, wo er sie mit einer Lampe getroffen hat oder einer Posaune, und vielleicht wird sie gebrochene Beine haben, weil er sie ihr gebrochen hat, damit sie nicht weglaufen konnte. Die Polizei wird all das herausfinden in der Obduktion, aber ich werde noch schneller sein.
Wir bezahlen unseren Tee und gehen zu Imran. Imran hat einen Eckladen, der von ein paar Indern betrieben wird, die alle behaupten, sie hießen Imran. Wir gehen immer dorthin, um Alkohol und Zigaretten zu kaufen,

weil sie uns entweder gar nicht nach dem Ausweis fragen oder sehr leicht davon zu überzeugen sind, dass wir volljährig sind. Wir sind siebzehn. Die Geheimwaffe: Brüste.

Heute ist der verpeilte Typ mit den roten und vorstehenden Augen da. Er »liest« ein Männermagazin hinter dem Tresen, fängt dann aber an, hektisch herumzuräumen, als wir reinkommen.

»Hallo«, sagt Tenaya. »Fünfundzwanzig Gramm Gold Leaf und eine Flasche Tschechow, bitte.«

Der verpeilte Typ mustert uns beide. Seine Augen kriechen noch weiter aus seinem Schädel heraus. Ich überlege, ob ich mich vorlehnen soll, um sie wieder reinzudrücken und ihm zu sagen, dass er nun endlich bereit ist, ein normales Leben zu führen.

»Habt ihr Augsweis?«, fragt er. Seine Stimme klingt wie der Motor eines alten Citroën.

»Bitte?«

»AUG-SWEIS!«

»Ah, okay. Klar. Ich schau mal.« Tenaya kramt in ihren Taschen nach dem Führerschein, den sie gar nicht hat. »Ich finde ihn nicht. Scheiße. Ich muss ihn im Auto gelassen haben. Soll ich jetzt wirklich den ganzen Weg zurückgehen und ihn holen?«

Der Mann sieht so aus, als wäre ihm extrem unwohl.

Er wirft mir einen Blick zu.

»AUG-SWEIS!«, schreit er.

»Sorry, ich bin überhaupt nicht der Typ, der Ausweise mit sich rumträgt. Das heißt nämlich, dass du dich bereitwillig dem totalitären Staat auslieferst.«

Der Mann blinzelt. Ich konnte sein Unbehagen leider nicht aus der Welt schaffen.
Er dreht sich wieder zu Tenaya. Tenaya lehnt sich über den Tresen und drückt ihre Brüste mit den Oberarmen gegeneinander. Sie leckt sich mit der Zunge über ihre Oberlippe. Ich lache. Ich verwandle das Lachen in ein Husten. Das Husten steigt aus meiner Kehle zurück als noch heftigeres Lachen.
Der Mann seufzt.
»Ihr bringt Augsweis beim nächsten Mal. Ihr versprecht das Imran. Nie wieder mache ich das, hört ihr?«
Wir nicken. Die Gier siegt über die soziale Verantwortung. Und alle gewinnen.
Er packt den Wodka in eine blaue Plastiktüte und gibt Tenaya den Tabak.
Wir zahlen und gehen.
So weit gehen die Pläne für diesen Tag alle auf. Solange Ping die Drogen für morgen bekommt und die richtigen Leute vorbeikommen, wird die Party super. Super heißt, ich hatte Sex, war betrunken und habe von einer Droge so viel genommen, dass alle Wirkungen auftraten, die ich bei Mr Gates in Sozialkunde gelernt habe ... Ich bin ziemlich sicher, dass alle diese Kriterien erfüllt sein werden. Das einzige Kriterium, das ganz außerhalb meiner Macht liegt, ist das erste, auch wenn es relativ einfach sein wird, dafür zu sorgen, vorausgesetzt, es sind genügend Mädchen da. Wenn du oft genug schießt, triffst du mindestens einmal, vielleicht auch öfter. Jedes Mal wieder spannend.
Mit dem entsprechenden Proviant an Bord nehmen wir

den Bus nach Elsmere, wo Mum und Keith sich auf ihren Besuch bei Keiths Eltern in Cornwall vorbereiten. Die veranstalten einen Pub-Abend, um ihre Goldene Hochzeit zu feiern. Sie würden ihren Sohn wahrscheinlich gar nicht dabeihaben wollen, wenn sie die Wahrheit über ihn wüssten, den Mörder. Dann müsste Mum auch nicht mitfahren, was gut für sie wäre, weil es wahrscheinlich sowieso scheiße wird. Keith wird sich betrinken, sagen, dass er sie liebt, sie zu Analsex überreden und sie danach töten. Ich hoffe, dass er sie nicht tötet. Aber wenn er es macht, habe ich einen handfesten Beweis für seine Schuld. Ambivalent! Vielleicht wird er versuchen, sich aus der Mordanklage rauszuwinden, indem er behauptet, ihr Tod war nur die Folge eines experimentellen Sexualaktes, der schiefgegangen sei. Manche Leute machen so was, ich hab es gesehen, in den Nachrichten.

»Hallo, Jasper. Tenaya, Liebes, wie geht es dir?«, fragt Mum. Sie ringt mit einem Koffer, will ihn in den Laderaum unseres senfgrünen Volvos zwingen.

»Sehr gut, danke, Mrs Wolf«, sagt Tenaya. Wenn sie mit meiner Mutter spricht, benutzt Tenaya immer die Stimme, die sie von einem jungen Mädchen aus einer Dickens-Verfilmung im Fernsehen geklaut hat.

»Das freut mich«, sagt Mum. »Jasper, hast du schon einen Zeitplan für deinen Tag morgen?«

Mum liebt Zeitpläne. Tenaya meint, das sei so, weil sie Anwältin ist. Ich weiß nicht, ob sie Anwältin ist oder nicht. Sie hat eine Aktentasche und einen BlackBerry. In Psychologie haben wir gelernt, dass ein anal-retentiver Charakter das Resultat von Unterversorgung in der analen Phase in der psychosexuellen Entwicklung ist. Mum entwirft wahnsinnig detaillierte Pläne und bekommt dann Panikattacken, wenn sie sie nicht einhalten kann, weil sie mal auf Toilette muss oder einen Anruf bekommt. Wenn die Panikattacken dann nachlassen, sind ihre Pläne so durcheinander, dass sie glaubt, neue schreiben zu müssen. Unser Haus ist zugemüllt mit extrem öden Plänen.

Hier ein hypothetisches Beispiel:

8:00–8:03 Uhr: Aufwachen, raus aus dem Bett, Keith sagen, dass er aufstehen soll

8:03–8:10 Uhr: Zähne putzen, auf die Toilette gehen, absichtlich möglichst stinkende Fäkalien produzieren

8:10–8:45 Uhr: Frühstück essen. Jasper dazu bringen, dass er seinen Plan für den Tag schreibt. Jasper unablässig über Schularbeiten, Mädchen, Drogen und Rauchen ausfragen. Versuchen, Jasper davon abzubringen, mehr als einen Teelöffel Zucker in seinen Tee zu tun. Jasper mitteilen, dass er eine kolossale Enttäuschung ist. Zur Arbeit gehen

Das ist der Morgenplan. Mum schreibt drei Pläne pro Tag: einen Arbeitsplan, einen Abendplan und einen Plan für den nächsten Morgen.

Sie will mich immer dazu bringen, selbst Pläne zu schreiben. Immer, wenn Klausuren anstehen, und jedes Mal, wenn sie wegfährt, zwingt sie mich dazu. Genau das passiert jetzt. Der Zeitplan ist unvermeidbar. Ich schreibe zwei, um uns beide zufriedenzustellen.

Hier ist der Plan, den ich Mum zeige:

Lernplan (für Mum)
7:00 Uhr – Aufwachen, guten Morgen! Frühstücken, zwei Weetabix (ohne Zucker)
7:30 Uhr – Lernen, und dafür werde ich Mum irgendwann mal danken!
11:00 Uhr – Therapie
12:30 Uhr – Weiterlernen
18:00 Uhr – Lasagne und Bohnen zum Abendbrot, Drogen nehmen und high werden (Scherz, Mum!)
19:00 Uhr – Fernsehen: History Channel/National Geographic/Discovery Channel oder andere bildungsreiche und zugleich aufregende Fernsehsender, um etwas runterzukommen, dann schlafen gehen um 22:00 Uhr
Und wieder von vorn!

Hier ist der Plan, den ich für mich schreibe:

Lernplan (für mich)
8:00 Uhr – Aufwachen, wenn ich Lust hab. Frühstück, bestehend aus Tee, vier Löffel Zucker und einer Zigarette
9:00 Uhr – *Jeremy Kyle* schauen
10:00 Uhr – Baden. *Mein Kampf* beim Baden lesen, nicht ins Wasser fallen lassen!
11:00 Uhr – Therapie
12:15 Uhr – Ping abholen
12:30 Uhr – Die Partydetails mit Tenaya absprechen. Rumhängen
16:00 Uhr – Alle zerbrechlichen Dinge wegräumen.

Aschenbecher auf allen mögliche Oberflächen deponieren. Plastikeimer neben Betten und Sofas stellen
18:00 Uhr – Tütensuppe zum Abendbrot. Drogen nehmen und high werden (sorry, Mum!)
20:00 Uhr – Die Gäste herzlich empfangen, ebenso Dosenbier- und Zigarettenspenden
21:00 Uhr – Unstrukturierter Spaß
Nicht wieder von vorn!

»Bleibst du heute Nacht hier, Tenaya?«, fragt Mum.
»Wenn es in Ordnung ist.«
»Natürlich, sag nur deinen Eltern Bescheid, wo du bist.«
»Ja, Mrs Wolf.«
»Und niemand sonst kommt her.«
»Ja, Mum.«
Mum küsst mich auf die Stirn und sagt, dass sie mich liebt.
»Macht euch eine schöne Zeit und seht zu, dass ihr euch benehmt«, sagt sie, während sie ins Auto steigt.
»Bis später, Großer«, sagt Keith.
»Jep.«
Keith benutzt oft so seltsam herzliche, joviale Ausdrücke, wenn er mich anspricht. Dann läuft mein innerer Monolog auf Lichtgeschwindigkeit, immer wieder mit dem Wort MÖRDER, in der Stimme einer vor Angst starren Hausfrau Ende vierzig. Es ist ironisch, dass Keith so viele freundliche Phrasen benutzt, eigentlich ist er ja brutal und herzlos.
Mum hat mir mal gesagt, dass ich keine Ironie verstehe, was ironisch war, weil sie zur selben Zeit eine Packung Fischstäbchen in der Hand hielt.

Na, nicht wirklich, das war ein Scherz. Ich wollte nur ein bisschen die Stimmung aufhellen.
Tenaya und ich schauen zu, wie das Auto verschwindet, dann dreht sie uns zwei Zigaretten, und wir gehen rein.
»Kommen Leute von der Layton Hill?«, fragt sie. Ich zucke mit den Achseln.
»Kommt Tom?«, frage ich. Sie zuckt mit den Achseln.
»Er hat gesagt, ja.«
Tom ist Tenayas Freund. Er trägt ironische Strickpullover und eine übergroße schwarze Plastikbrille. Manchmal, wenn Tom spricht, kann ich mich in Keith hineinversetzen und glaube, dass er einen guten Grund hatte, Margaret Clamwell mit seiner Posaune zu töten. Tenaya mag ihn nur, weil er Wangenknochen wie die Ränder eines Geodreiecks hat.
»Du solltest diesmal lieber nett sein, Jasper«, werde ich gewarnt. Das letzte Mal, als wir auf einer Party mit Tom waren, habe ich Vergewaltigungsdrogen in seinen Wodka geschmissen, und Tenaya musste ihn nach Hause tragen. Ich habe später unter Nötigung alles zugegeben, weil Tenaya sich Sorgen machte, der Wodka wäre vielleicht für sie bestimmt gewesen. Sie sagte mir, dass sie Angst um ihr Leben hätte.
»Klar«, verspreche ich. Ich habe diesmal noch was Besseres vor mit Tom.
Wir fangen an, das Haus für Samstag vorzubereiten. Wir verstecken alles Wertvolle unter der Treppe und verteilen die Aschenbecher und Eimer.
»Meinst du, die Leute müssen auf jeden Fall was kaputt machen?«, frage ich.

»Kommt drauf an.«
»Wir sollten einen Notfallplan in petto haben, um auf Übeltäter zu reagieren«, sage ich. »Wenn das Haus verwüstet wird, wird Mum mir wohl kaum erlauben, meine Brustwarze piercen zu lassen.«
»Deine was?«
»Ach, egal.«
»Hast du gesagt: deine Brustwarze piercen zu lassen, Jasper?«
»Hast du noch das Pfefferspray?«
»Deine Brustwarze?«
»Okay, wir besprühen die Leute mit Pfefferspray, wenn sie irgendwas Falsches machen. Du wirfst sie um, und ich setze mich auf ihre Brust und sprühe ihnen was in ihre dämlichen Vandalenvisagen.«
Ich verteile ein paar Plastiksäcke im Raum. Sie sollen das Familienheim schützen, für das meine Mutter so hart gearbeitet hat, um es mir bieten zu können.
»Das muss reichen«, sagt Tenaya. »Hast du morgen Julia?«
»Ja, du kannst den ganzen Tag hierbleiben oder mich und Ping danach in der Stadt treffen, wie du magst.«
»Ich entscheide mich morgen früh.«
Tenaya hat genug Ketamin übrig, damit wir beide eine Line ziehen können. Leichte Entspannung. Wir schlafen ein, während eine Interpretation des Royal Philharmonic Orchestra von Strawinskys *Feuervogel* läuft.

3

Als ich aufwache, ist das Wohnzimmer erstickt von dickem gelbem Licht, und es ist kalt. Der Fernseher läuft noch und zeigt eine müde Frau, die Tupperware verkauft. Ich arrangiere die Decke so, dass nur Tenayas Kopf rausschaut. Ich mache Tee und lasse mir ein Bad ein.
Nach meinem Plan sollte ich noch schlafen, denn es ist 6:30 Uhr. Das heißt, dass ich, wenn ich jetzt bade, immer noch genug Zeit habe, an meinem Roman zu arbeiten, bevor *Jeremy Kyle* anfängt. Es ist wichtig, weiterzuschreiben, auch wenn nichts Zusammenhängendes dabei rauskommt. Wenn ich unzusammenhängende Passagen schreibe, sind die Chancen, dass es ein bahnbrechender Roman wird, zwar gering, aber immer noch größer, als wenn ich gar nicht schreibe.
Das Badewasser ist so heiß, dass mein ganzes Blut an die Hautoberfläche schießt, als ob es neugierig ist, was da oben vor sich geht. So, wie wenn die Leute alle abbremsen, um sich einen Autounfall anzuschauen, ist mein Blut fasziniert vom Unglück meiner Haut. Ich tue was von Mums Badesalz rein, so dass die Hitze nach Lavendel riecht. In der Lavendelhitze wird mir schwindelig, und ich werde ruhig. Ich bin entspannt und ein gut funktionierendes menschliches Wesen. Ich lese *Mein Kampf.*

Für Geschichte gibt uns Mr Glover immer auf, bestimmte Kapitel aus dem Geschichtsbuch zu lesen. Das Geschichtsbuch ist eine Wüste. Es soll ein »Leitfaden zum Prüfungserfolg« sein, ist aber ziemlich unbrauchbar, wenn man Geschichte verstehen will. Über einen Rassisten würde da zum Beispiel stehen: »War offensichtlich gegen farbige Menschen, wendete oftmals Gewalt gegen sie an«, während in seinem Tagebuch so was stehen würde wie: »Ihre teuflischen Höllenhäute blenden mich und verfinstern den Horizont.« Deshalb ziehe ich es vor, die Originaltexte unserer berühmten historischen Persönlichkeiten zu lesen.
Einige ausgewählte Zitate aus *Mein Kampf*:

– Was wir heute an menschlicher Kultur, an Ergebnissen von Kunst, Wissenschaft und Technik vor uns sehen, ist nahezu ausschließlich schöpferisches Produkt des Ariers.

Hitler dachte das wahrscheinlich nur, weil er nie Gelegenheit hatte, Wu-Tang Clan zu hören.

– Mißgeburten zwischen Mensch und Affe.

Das hab ich umrandet. Ich fand das witzig. Ich hab es in einer Freistunde auch Kobe gezeigt, und er musste lachen.

– Die Menschen gehen nicht an verlorenen Kriegen zugrunde.

Zu Hitlers Verteidigung: Das Zitat ist hier aus dem Kontext gerissen. Es folgt etwas darüber, wie die Menschen nur zugrunde gehen, weil die Rasse unrein wird. Das ist schon witzig, weil momentan am ehesten Amerika den »Sieger der Erde«-Preis gewinnen würde, und es besteht schließlich aus Immigranten aus der ganzen Welt, die sich in einer unglaublich erfolgreichen Orgie aus Wohlstand und Macht fortpflanzen.
Ich habe auch Bücher von Leuten aus dem Ku-Klux-Klan gelesen, als wir das in der Schule hatten. Ich musste die Bücher auf der Ku-Klux-Klan-Website bestellen, und, weil ich für mehr als 25$ bestellte, schickten sie kostenlos ein T-Shirt mit, auf dem »White Knight Walking« steht, mit dem Bild eines Klan-Mitglieds auf einem Pferd. Weil es XL war, habe ich es einmal abends zum Schlafen getragen, und Keith hat mich darin gesehen, beim Zähneputzen. Am nächsten Tag hatte er eine geheime Unterhaltung mit Mum in der Küche, und sie sagte: »Beruhig dich, Keith, ich bin sicher, es ist nur eine Phase, er wächst da wieder raus.«
Ausgewählte Zitate aus der Klan-Propaganda:

– Quarantäne für alle AIDS-Kranken.
– Die falschen Prediger des Kirchentums verteidigen die Ehe zwischen den Rassen, um die weiße Rasse blind gegenüber den Gesetzen Gottes zu machen.
– Wir sind der Nebel.

Als die Haut an meinen Fingern sich zu Origami-Schwänen faltet, steige ich aus der Wanne und ziehe mich an.

Unten schalte ich den Wasserkocher ein und setze mich an den Küchentisch, mit meinem Notizbuch und einer Zigarette.
Über eine Stunde arbeite ich an einer Vergewaltigungsszene mit einem Mann namens Martin, der einen rötlichen Bart hat und Currysoße mag, und einer Frau namens Cindy, die nur sieben Zehen hat und glaubt, dass die Vergewaltigung aufhören würde, wenn sie Martin das nur irgendwie zeigen könnte. Die gesamte Szene lang versucht sie, ihre Schuhe loszuwerden, während er sie penetriert. Sie versucht auch, ihn abzuschrecken, indem sie immer wieder sagt: »Ich habe nur sieben Zehen.« Martin ist das egal. Cindy fängt an, sich von der Vergewaltigung geschmeichelt zu fühlen. Sie hat das Gefühl, dass jemand sie wirklich will, und deshalb gibt sie sich Martin hin, und die Vergewaltigung ist keine Vergewaltigung mehr, sondern wird zu normalem Sex.
Ich bin unsicher, was die Vergewaltigungsszene angeht, weil sie ergreifend ist, aber unglaubwürdig. Ich reiße die Seiten raus und schmeiße sie in den Müll. »Gehe zurück auf Los«, wie Keith sagen würde. Die eine Stunde ist trotzdem nicht verschwendet, weil ich mich jetzt entschieden habe, dass der Roman definitiv eine Vergewaltigungsszene enthalten soll, vielleicht auch mehrere.
Tenaya kommt in die Küche. Sie setzt sich mir gegenüber und fängt an, eine Zigarette zu drehen. Nach dem Aufwachen sehen ihre Haare immer so aus, als hätte sie gerade leidenschaftlichen Sex mit einem Crack-Abhängigen gehabt, in einem Zimmer mit Wänden aus Klettverschluss. Ich persönlich mag das so lieber, aber Mädchen haben oft

ein ziemlich gestörtes Selbstbild, und deshalb hört sie nie auf mich, wenn ich ihr das sage.

»Schöne Haare«, sage ich.

»Halt's Maul, Jasper.«

»Ich wollte nur nett sein.«

»Wie läuft's mit dem Roman?«, fragt sie.

Tenaya unterstützt meine Ambitionen sehr. Ich hab ihr versprochen, dass wir, wenn ich den Booker Prize gewinne, nach Osteuropa gehen und von Tee und Toast leben.

»Ich komm voran«, versichere ich ihr. »Ich werde eine Vergewaltigungsszene einbauen.«

»Sarah DiLeeso wurde von einem Jungen von der Layton Hill vergewaltigt, der eine elektronische Fußfessel um den Knöchel trug.«

»Echt?«, frage ich fasziniert. »Meinst du, man könnte sie dazu befragen?«

»Jeremy Kyle fängt an«, sagt sie. Sie ignoriert meine Frage, weil sie nicht gerade angebracht war.

Wenn jemand versuchen würde, mich zu vergewaltigen, würde ich mein Bestes geben und ihm einen runterholen, so dass er käme, bevor er meinen Anus zerrissen hätte, und mit der Vergewaltigung nicht weitermachen würde. Wenn das keine ernsthafte Option wäre, würde ich mich als »Geber« anbieten und ihn zum »Empfänger« machen, denn so wäre es weniger schmerzhaft für mich. Ich könnte so was sagen wie: »Du hast harte Zeiten hinter dir, lass mich mal machen«, um ihn zu überzeugen.

Wir gehen wieder ins Wohnzimmer und machen *Jeremy Kyle* an. In dieser Sendung werden die Beziehungen zwischen besonders aggressiven Menschen wiederhergestellt, und zwar durch heftige Diskussionen in der Runde und Lügendetektortests. Tenaya fragt, ob sie sich ein T-Shirt leihen kann, und ich hole das Ku-Klux-Klan-Shirt. Sie guckt finster, als sie es über ihren Kopf zieht. Es reicht ihr bis zum Knie. Wie eine Achtjährige, verkleidet als der Teufel, an Halloween.

In der Folge, die wir schauen, geht es um einen Mann namens Jay und eine Frau namens Kayler. Beide leiden an schwerer Akne. Sie ist übergewichtig und er untergewichtig. Aber das ist nicht das Problem der Beziehung. Das Problem der Beziehung ist, dass er total viel Gras geraucht und dann Sex mit dem Hund gehabt hat, was für sie als Fremdgehen zählt. Sie reden eine Weile darüber. Sie zwingt ihn, einen Lügendetektortest zu machen, weil sie glaubt, er könnte ein »Serien-Hunde-Vergewaltiger« sein.

Bevor die Resultate des Tests verraten werden, gehe ich nach oben, um mich für Julia umzuziehen. Sie macht ihre Beobachtungen hinsichtlich meines Fortschritts oft daran fest, wie gut meine Kleidung sitzt und gebügelt ist. Ich entscheide mich für blaue Skinny Jeans und ein weißes Hemd. Mum würde sagen: »vorzeigbar«.

»Okay, ich geh jetzt«, sage ich.

»Ich bleib hier. Und falls du dich gefragt hast, Jay hat gelogen: Er ist nämlich wohl ein Serien-Hunde-Vergewaltiger.«

»Okay, danke.«

+

Der Himmel ist wieder grau. Der Himmel ist immer grau in der Vorstadt. Er hat sehr selten, wenn überhaupt, irgendeine wirkliche Farbe zwischen zehn Uhr morgens und neun Uhr abends.
An der Bushaltestelle treffe ich die alte Frau aus Nummer 26, die schizophren ist. Mum hat mal mit mir geschimpft, weil ich lachen musste, als die Frau beim Dorffest über Hunde, die an Bäumen wachsen, sprach.
Es wird Dorffest genannt, obwohl es eher ein Vorortfest ist.
Die Frau heißt Mrs Mulberry, und sie glaubt daran, dass es möglich ist, Menschen aus Samen wachsen zu lassen, die sie aus Papiertaschentüchern und Urin herstellt. Tenaya und ich pressten einmal letztes Jahr unsere Gesichter gegen ihr Erkerfenster, und das ganze Wohnzimmer war voll mit Erde und kleinen Papierkügelchen.
Wir haben in Psychologie Schizophrenie schon durchgenommen. Sie wirkt sich in einer verzerrten Wahrnehmung der Realität aus. Mrs Mulberrys Schizophrenie ist ziemlich originell, weil sie immerhin nicht daran glaubt, dass eine geheime Regierungsorganisation/eine Alienhorde/eine Sekte sie verfolgt.
»Guten Morgen, Mrs Mulberry«, sage ich.
»Hallo, mein Lieber.«
Sie hat einen pergamentenen Schnurrbart und trägt einen blauen Regenmantel.
»Wie läuft's mit der Landwirtschaft?«
»Nicht so gut, fürchte ich. Ein fieser Virus hat alle Samen infiziert, und ich musste sie essen, damit ich keine Kinder mit Downsyndrom bekomme.«

»Das tut mir leid. Vielleicht bringt das nächste Jahr eine bessere Ernte. Wussten Sie, dass Leute mit Downsyndrom technisch gesehen eine andere Spezies sind als wir, weil sie eine andere Anzahl von Chromosomen haben?«

»Flachgesichtige Ratten«, sagt sie.

Ich fühle mich nicht ganz wohl bei Mrs Mulberrys Kommentar, aber um meiner Mutter willen nicke und lächle ich.

Der Bus kommt. Er wird von dem Fahrer mit den Dreadlocks gefahren, die aussehen wie alte Kebabs. Ich gehe hoch und setze mich in die obere Etage, damit Mrs Mulberry mir nicht folgen kann. Kurz nachdem der Bus losgefahren ist, höre ich ein verzweifeltes Kratzgeräusch, was bedeutet: Mrs Mulberry versucht, mir die Treppe raufzufolgen, mit ihrem Gehstock und ihren kaputten Lego-Technic-Knien. Schließlich seufzt sie und setzt sich unten hin.

Ich habe eine Therapeutin, seit Tenaya und ich dabei erwischt wurden, wie wir eine Katze töteten. Wir haben die Katze nur getötet, weil ich versehentlich auf sie gefallen war und sie unsägliche Schmerzen hatte. Ich habe sie mit dem Fuß getötet. Tenaya muss zu keiner Therapeutin, weil ihre Mutter sich das nicht leisten kann und außerdem darauf besteht, dass Tierquälerei ganz normal für Kinder in unserem Alter sei. Sie sagte, dass wir wohl die Grenzen unserer Beziehung zur Natur austesten mussten. Meine Mutter sagte, Tenayas Mutter sei eine »fette Hippienutte«, und Tenayas Mutter nannte meine Mutter eine »reiche Schlampe«.

Meine Therapeutin ist Kunsttherapeutin und heißt Julia. Sie besteht darauf, dass ich sie Julia und nicht »Mrs Hawthorn« nenne, damit ich sie als Freundin betrachte und mich ihr öffne, was ich nicht tue.
Julia ist nett und naiv. Sie glaubt alles, was ich ihr sage.

Ich beobachte durch Julias kleines Fenster, wie der Himmel schmilzt und zu Pfützen auf dem Asphalt wird. Sie hat mich schon zu Sebastian befragt (ich habe Julia anvertraut, dass ich homosexuell bin und eine langjährige Beziehung habe), zu *Cunnilingual* (ich habe Julia anvertraut, dass ich Kurzgeschichten für ein Erotikmagazin schreibe) und zu Meditation (ich habe Julia anvertraut, dass ich den Mahayana-Buddhismus praktiziere und mich der teilweisen Erleuchtung nähere).
»Hast du kürzlich irgendwelche neuen dunklen Gedanken gehabt, Jasper?«, fragt sie.
Zucker rieselt von ihren Lippen. Zucker macht sich gut im Tee. Er macht sich nicht gut, wenn er aus den Mündern überbezahlter Frauen in Anzügen kommt, die denken, dass sie mich emotional einschamponieren können.
Julia beugt sich vor.
Ihr dünnes Gesicht ist faltig, und zwar so, dass es verrät, dass sie mal attraktiv war und noch nicht bemerkt hat, dass sie es nicht mehr ist. Sie hat grüne Augen und kurzes blondes Haar, ein Schnitt, den Frauen mittleren Alters haben, wenn sie wie Victoria Beckham aussehen wollen. Julia sieht nicht aus wie Victoria Beckham. Julia sieht aus wie Susan Boyle aus Britain's Got Talent.

»Ich hab heute Morgen eine Schnecke gesehen und wollte sie eigentlich unter meinem Fuß zerquetschen, aber dann dachte ich daran, dass das die Schnecke um all ihre angenehmen Lebenserfahrungen bringen würde, also bin ich einfach vorbeigegangen.«
Sie klatscht ihre Hände leicht zusammen, ein dezenter weiblicher Applaus.
»Siehst du, Jasper? Ich habe doch gesagt, wir würden Fortschritte machen. Du musst nur daran denken, dich ab und zu in andere hineinzuversetzen.«
Ich nicke.
»Empathie«, sagt sie.
»Empathie«, wiederhole ich.
Julia nimmt ein Blatt Papier, das neben meinem Ordner liegt. In meinen Ordner schreibt sie alle Lügen, die ich ihr im vergangenen Jahr erzählt habe.
Auf dem Blatt Papier sind drei Ellipsen. Jede Ellipse hat einen Namen; Sebastian, Mum, Keith. Julia bittet mich, in jede Ellipse etwas zu zeichnen, was meine Gefühle für diese Person ausdrückt.
Als ich das erste Mal in die Therapie kam, wurde mir versprochen, dass Kunsttherapie eine »heilende« und »lebenserweiternde« Praxis sei, deren Wirksamkeit man wissenschaftlich durch groß angelegte Studien bewiesen habe. Ich bin ein ziemlich erfahrener Google-Nutzer und konnte immer noch keine dieser Studien finden. In Wirklichkeit ist Kunsttherapie bevormundend, oder zumindest wäre sie das, wenn ich sie ernsthaft annehmen würde. Julia denkt, sie hat mich im Griff, und ich denke, ich lasse sie das denken, weshalb die Sitzungen sich wie

Karusselle im Kreis drehen und ziemlich aufregend sind, wie auf dem Rummelplatz.
Ich zeichne ein zwinkerndes Gesicht mit einer Haartolle in Sebastians Ellipse, ein lächelndes Gesicht mit lockigem Haar in Mums und ein schnauzbärtiges Gesicht mit dem Daumen hoch in Keiths. Julia nickt aufmunternd. Richtige Antwort.
Nachdem ich eine ganze Stunde Gesichter, Tiere, Gebäude und »abstrakte Objekte, die konkrete Gefühle darstellen«, gezeichnet habe, soll ich aufhören.
Julia lächelt.
»Ich denke, wir machen auf jeden Fall Fortschritte. Findest du nicht, dass wir Fortschritte machen, Jasper?«, fragt sie.
»Ja, Julia, ich denke, ich entwickle mich gut. Ich fühle mich wie ein gesundes, ausgeglichenes Individuum, und das dank Ihrer Sorge und Aufmerksamkeit.«
Sie wird rot. Ihre Wangen sind leere Mohnblumenfelder.
»Was ist mit dem Klan?«, fragt sie.
Vor einem Monat habe ich beschlossen, mein Ku-Klux-Klan-T-Shirt zu einem sinnvollen Einsatz zu verhelfen, indem ich es zur Therapiesitzung anzog und Julia erzählte, ich sei Mitglied geworden. Ich erklärte ihr, dass ich alle zwei Monate ein Treffen in meinem Schlafzimmer mit anderen Mitgliedern des Klans aus der Umgebung von Ivythorne hätte.
»Gibt es viele Klanmitglieder in Ivythorne?«, hatte sie gefragt.
»Ja, total viele. Erinnern Sie sich an diesen prominen-

ten afrokaribischen Künstler, der letztes Jahr gestorben ist?«

»Ja, John Ducell. Er hatte Krebs.«

»Oh, okay.«

Julia öffnete ihren Mund und riss die Augen sehr weit auf, als ich das sagte. Dann wechselte sie das Thema.

»Es läuft alles gut, danke«, sage ich ihr. »Nächste Woche wollen wir Graffiti auf das Karibische Vereinsheim sprühen.«

Jedes Mal, wenn Julia es nicht schafft, meine Lügen zu erkennen oder mich davon abzubringen, Hassverbrechen zu begehen, spüre ich eine noch größere Enttäuschung über das Jahr 2010. Ich mag es nicht, wie Leute sich heute verhalten. Mr Hutchinson nennt das immer »die Pest der postmodernen Ära«. Die Pest heißt Toleranz. Die Pest ist, dass man sogar die Intoleranten toleriert. Deshalb kannst du auf www.KKK.com gehen und T-Shirts mit White-Power-Slogans kaufen.

Das Internet ist gut, weil man kostenlos Nischenpornos schauen, und schlecht, weil man rassistische Klamotten kaufen kann.

Julia räumt zwei Blatt Papier von der einen Seite ihres Schreibtisches zur anderen.

»Oha, sieh an, die Zeit ist um«, sagt sie grinsend. »Ein schönes Wochenende, Jasper.«

»Danke.«

Draußen vor dem Oaktree Center drehe ich eine Zigarette und rufe Ping an. Er sagt, wir sollen uns bei McDonald's treffen. Ein asiatischer Junge geht an mir vorbei und

durch die automatische Glastür, die mit schwarzen Baummotiven beklebt ist. Er trägt kurze Shorts und silberne Turnschuhe und beißt an seinen Händen herum. Lange Krusten winden sich wie Drachenschwänze seine Arme hinauf. Es sieht ziemlich schmerzhaft aus.
Als ich beim McDonald's ankomme, finde ich Ping, wie er hinter einer dystopischen Ödnis aus Burgerpapier und schlaffen Ketchuppackungen lehnt. Er textet. Ich frage mich, wem er textet. Er hat mich nicht reinkommen sehen, also stelle ich mich hinter ihn und zeige ihm, dass ich da bin, indem ich fest auf seinen Kopf haue und sage:
»Coco Bongo!«
»Hau ab, du Homo«, sagt er und dreht sich zu mir um.
Ich grinse.
»Lass uns gehen«, sage ich.

4

»Hey, Alter«, sagt Jonah. Er ist gerade in Elsmere angekommen.

Wir sitzen an der 38er-Haltestelle und holen Partygäste ab. Es sind ungefähr einundzwanzig Jungs und drei Mädchen.

»Pimmelparty!!«, ruft Ping.

»Das wird schon noch«, sage ich ihm. »Es kommen später mehr Mädchen. Viele, sehr viele Mädchen. So viele Mädchen, dass es unvermeidbar eine Orgie wird.«

Jonah lacht.

»Ja, Alter, alles voller Pussies.«

Jonah trägt enge Mädchenjeans und in seinen Ohrlöchern große Plugs aus Plexiglas. Er sagt, sie seien vierzehn Millimeter breit. Tenaya findet sie eklig und sagt, mit denen werde er nach dreißig keinen Sex mehr haben. Er sagt, sie sei bloß eifersüchtig.

»Es gibt eine Party im Tal«, sagt Ben McKay. »Eine ganze Menge Leute ist da hin.«

»Na geil«, sagt Ping.

Jonah gibt uns beiden Bierdosen und sagt, es werde definitiv alles okay gehen.

Es ist ungefähr acht Uhr. Ich weiß es nicht genau, weil ich

mein Telefon zu Hause vergessen habe. Ich fühle mich unwohl, wenn ich nicht weiß, wie viel Uhr es genau ist. Der Himmel ist ganz dunkel, und die Straßenlaternen werfen Flächen aus orangenem Licht auf die Bürgersteige. Unser Bier ist extrem kalt, was ungünstig ist, da die Nacht auch nicht gerade warm ist.
Unter einer Straßenlaterne am Ende der Ivythorne Road stehen zwei Jungs in Trainingsanzügen. Sie sehen für ihr Alter ungewöhnlich bedrohlich aus, für ungefähr vierzehn.
»Scheiße«, sagt Ping.
Jonah sagt, er soll keine Muschi sein.
Wir gehen an den Jungen vorbei.
»Schöne Ohren, Alter«, ruft einer von ihnen Jonah zu. »Da würde locker mein Schwanz durchpassen.«
Die beiden lachen.
»Schön für dich, Babyschwanz«, ruft Jonah zurück.
Sie hören auf zu lachen.
Der mit dem weißen Trainingsanzug radelt rüber.
»Was hast du gerade gesagt, Alter?«
»Babyschwanz«, wiederholt Jonah und schmunzelt.
Ping stöhnt.
Der Typ mit dem weißen Trainingsanzug legt seinen Arm um Jonahs Hals, nimmt ihn in den Schwitzkasten, während der mit dem blauen Trainingsanzug gerade herkommt. Ich frage mich, was in deren Köpfen vorgeht. Es sind mehr als zwanzig von uns und nur zwei von ihnen. Sie sind hirnlose Raubtiere.
»Kokel ihn an, verfickte Scheiße«, sagt der mit dem weißen Trainingsanzug. Der mit dem blauen Trainingsanzug

entzündet die Flamme eines Feuerzeugs und fängt an, sie auf Jonahs wasserstoffblondes Haar zuzubewegen. Was machen die?
»Was? NEIN, macht was!«, schreit Jonah und wehrt sich. »Ping? Ben? Verdammt, helft mir.«
Es sind zwanzig von uns, aber wir stehen nur da. Dann ruft jemand »LAUFT!«, und alle sind weg, nur Tenaya und ich nicht. Sie hält eine brennende Zigarette und lächelt, als ob sie einen wasserdichten Plan hätte. Wir sehen beide zu, wie Jonah gerade einen Teil seines Ponys verliert. Es kann Jonah nicht besonders gut gehen. Ich fühle mich schlecht, aber ich bin irgendwie froh, dass er es ist und nicht ich.
»Warum macht ihr nichts, verdammte Scheiße?«, ruft er. Tenaya geht auf den mit dem weißen Trainingsanzug zu und drückt ihre Zigarette im Inneren seines Ohrs aus.
Ich sehe, wie es rot glüht.
Der Typ schreit.
Jonah ist frei.
Wir laufen zurück zum Haus, stürmen durch die Tür und kollabieren auf dem Sofa. Meine Brust ist eine Dampflokomotive ohne Kohlen. Mir ist schwindelig. Jonah berührt seine Haare, zittert und fängt an, einen Joint zu bauen.
»Scheiße«, sagt er.
»Oh ja«, stimmt Tenaya ein.
»Danke.«
Wir reichen den Joint rum. Wir haben ein Dreimal-ziehen-dann-weiterreichen-System, um ihn fair zu teilen. Entspannung stellt sich ein.

»Es ist nicht so schlimm, oder?«, fragt Jonah, die Fransen zwischen den Fingern.
»Man sieht es kaum«, sagt Tenaya.
Ich finde, man bemerkt es sehr wohl, aber ich sage nichts. Manchmal bin ich extrem rücksichtsvoll.
»Schwein gehabt, Alter.«
Es klopft an der Tür. Als ich aufmache, stehen da die Deserteure, alle betrunken und mit einem Lächeln. Drei kleine Autos kommen an, ich bin kurz beunruhigt, aber es stellt sich raus, dass es nur Sarah DiLeeso und eine Meute anderer Kids aus dem Jahr über uns sind. Ich bin sicher, alle werden das Haus meiner Familie mit dem Respekt behandeln, den es verdient. Das sind keine Leute, die Besteck klauen oder in die Badewanne urinieren.
Wir gehen alle rein.
Eine Stunde später mixen vier Mädchen Wodka auf dem Teppich. Jemand spielt Hip-Hop auf der Surround-Anlage. Zwei Jungs knutschen auf dem Sofa. Mir fällt auf, dass die Musik vom Wu-Tang Clan ist. Der Song heißt »Shame On A Nigga«. Ich höre, wie Sarah DiLeeso und Jonah mitsingen.
Ping und ich gehen in die Küche, um Ketamin aufzukochen. Er ist betrunken und hat wohl vor, mich in eine philosophische Unterhaltung zu verwickeln, worin er nicht wirklich gut ist.
»... also müssen wir eine Seele haben wegen der äh reinen Anzahl menschlicher Eigenschaften für die man nichts kann weißte genetisch oder ...«
Ping macht das öfter. Er ist irgendwie ein Idiot.
Ich nicke, während er die klare Flüssigkeit aus dem Plas-

tikbeutel in die Pfanne kippt. Ich öffne ein Bier. Wir nehmen beide auf der Marmorarbeitsplatte Platz, und ich zünde eine Zigarette an.
»Wie's scheint, steht Abby Hall auf dich«, sagt Ping.
Ziemlich radikaler Themenwechsel.
Abby Hall ist ein molliges, blondes Mädchen mit leuchtenden Aknespuren auf ihren Wangen, die sich trotz der Dicke ihrer Waden nicht davon abbringen lässt, Leggings zu tragen. Sie glaubt an Engel und trinkt nicht. Auf Partys besäuft sie sich mit Red Bull und redet, ohne zu atmen.
»Witzig.«
»Ohne Witz, Mann.«
Vor meinem geistigen Auge sehe ich alle Mädchen, die da sind, nebeneinanderstehen, nackt. Abby Hall lächelt und jongliert ihre Aknebrüste. Die jüdischen Mädchen sagen mir, ich soll wegschauen. Emma Howes ist wuchtig. Ana Korsakov sieht nett aus. Sie wäre es auf jeden Fall. Ich lasse die Mädchen aus, die einen Freund haben.
»Und versuchs nicht bei Ana«, sagt Ping. »Die ist schon klargemacht.«
Er zwinkert. Er zwinkert, um mich darauf hinzuweisen, dass er über sexuelle Angelegenheiten spricht.
Ana Korsakov ist arm. Sie bekommt an Weihnachten Geschenke von der Heilsarmee.
Ich muss mir selbst versprechen, zu masturbieren, wenn keine anderen Mädchen auftauchen. Das wird verhindern, dass ich auf ein dickes Mädchen reinfalle (sorry), was ich später bereuen würde.
»Ich würde Abby nehmen«, sagt Ping.
»Genau«, sage ich. »Würdest du sicher nicht.«

Er lacht.
»Wenn ich aussehen würde wie du.«
»Jaja«, sage ich. »Super. Ich werde jedenfalls Georgia Treely verführen, in Devon. Sie ist um einiges attraktiver als Ana.«
Ping lacht. »Okay.«
Ich höre, dass Die Antwoord im Wohnzimmer läuft. Die Antwoord ist Rap aus Südafrika. Sie sagen Sachen wie »next-level shit«. In der Berufsberatung wollte ich das in meinen »Erwartungen für die Zukunft«-Fragebogen schreiben. Tenaya sagte zu mir, wenn ich das täte, würde die Berufsberaterin denken, ich hätte LSD genommen, und Mum anrufen. Ich nickte und schrieb stattdessen »Moderator beim Kinderfernsehen«.
Ich gehe zurück ins Wohnzimmer. Einer der schwulen Jungs auf dem Sofa holt dem anderen einen runter. Ana Korsakov und ihre pummelige Freundin schauen zu und lachen. Das Zimmer ist übersät mit Pärchen in Umarmungen, die denken, sie seien glücklich. Meine Blase ist ein Heißluftballon. Ich gehe nach oben, zur Toilette, und komme an Tenaya und Tom vorbei, die sich streiten, was mich insgeheim optimistisch macht, aber ich bin zu sensibel, um irgendwas zu sagen. In was für einer sensiblen Stimmung ich heute bin. Ich beschließe, ihm das Viagra nicht zu geben.
Ben McKay schläft im Bad, in einem Heiligenschein aus fluoreszierender Kotze. Ich tue mir was Gutes und setze mich zum Pinkeln hin, nehme seine Zigaretten mit und gehe wieder runter. Ich mag Ben McKay nicht. Ben McKay mag Coldplay.

»Es ist fertig, Mann«, sagt Ping.
Wir kippen die Droge aus der Pfanne auf den türkisen Marmor. Er nimmt seine EC-Karte raus, und wir teilen in zwei Lines auf, die wir dann durch zwei zusammengerollte Fünf-Pfund-Noten ziehen. Nach der ersten Line spüre ich keine Wirkung. Ping lacht. Nach acht Lines merke ich was.

+

Ich bin ein Wolf. Jasper James Wolf. Schaut mich an. Wie schön ich bin. So schlank und geschmeidig. Ich habe fantastisches Haar. Ich bin ziemlich mächtig. Außerdem sinke ich ein. Vielleicht laufe ich übers Meer. Die Küchenfliesen sind Eis. Ich kann sie bewältigen, mit meinem Intellekt. Mein Intellekt übertrifft den von Stephen Fry. Na los, Mädels, schaut in meine Augen, die sind schön. Ihr könnt mich auch streicheln, wenn ihr wollt. Die Musik ist Limonade in meinen Adern. Vielleicht sollte ich mein Haar rot färben. Mein Fell. Ich kenne meine eigene Stärke nicht. Ich sollte aufhören, Leute überall anzufassen. Ja, genau so, Treppe rauf. Was für ein Vergnügen. Ich bin vergnügt. Außerdem ist mir übel, und ich fühle mich schläfrig. Ziemlich schläfrig. Schläfrige Acht auf einer Eins-bis-acht-Skala der Schläfrigkeit. Das ist besiegbar. Vor allem mit der Kraft, mit der ich gesegnet bin. Dank dir, Sonne. Oh, Toilette. Hallo, Abby Hall. Pst, wir sollten nicht sprechen. Ja, ich bin schön. Das kannst du mir mit deinen Händen erzählen. Lass uns hier reinlegen. In die Wanne. Oh, Ben McKay ist hier. Kotze auf deinen

Leggings? Zieh sie aus. Alles wird gut. Ich versprech es. Ich werde dir vieles versprechen. Ich weiß, meine Klauen sind teuflisch. Dein Mund gehört mir. Kichern. In deinen Augen. Meine Klauen bringen dich zum Singen. Du singst wie ein Gespenst. Leuchtet nicht alles? Das ist echt sehr schön. Hallo, Abby Hall. Ja, über deine Füße damit. Wirf sie einfach zu Ben McKay. Zu den Löwen! Ich bin der Wolf, weißt du. Das muss dich sehr glücklich machen. Ja, tut es. Du stöhnst zustimmend. Prinzessin. Du bist meine Prinzessin. Ich bin dein Wolf. Wir sind auf dem Badezimmerboden. Wir sollten es mit dem Aneinanderkrallen etwas langsamer angehen lassen, auch wenn du ganz gut mitziehst. Lass uns durch Felder aus Fleisch laufen. Was? Oh, kein Problem. Ich bin der Wolf, ich kann damit umgehen, ein bisschen Blut zu tragen. Ich hab Blut, du hast Blut. Dein Blut auf mir. Ich in … oh, das ist … lass uns gehen. Lass uns ins Bett gehen. Ins Elternbett. Super Super King Queen Size. Ja, das ist Samt unter uns. Vereinigung. Duett. Die Flöte und das Waldhorn. Oh. Ja. Das. Danke. Deine Schenkel sind Wasserrutschen. Ein haariger Vergnügungspark. Wedel ihn von der Palme. Oh. Ja. Dein Blut auf dem Laken. Dreh dich um. Ich bin in deiner Nackenwölbung. Sonnenschein. Wir sind am Leben. Hallo, Abby Hall.

+

Es ist 5:16 Uhr. Meine Kehle ist eine Wüste voller Pestizide. Mein Kopf ist eine Autobahn. Ich liege neben Abby Hall. Ich habe ihr anscheinend irgendwann in den letzten Stunden die komplette Decke gestohlen. Ihre Brüste hängen an ihr herunter wie Plastiktüten mit Goldfischen vom Rummel. Ihre Nase ist verstopft, so dass sie beim Atmen klingt wie eine schnurrende Katze.

Die letzte Nacht wird mich einige Wochen lang verfolgen. Verfolgen wie ein Pädophiler oder wie Keith seine Opfer. Ich stehe auf. Blut klebt an meinem Penis und in seiner näheren Umgebung. So ekelhaft hab ich mich in meinem ganzen Leben noch nicht gefühlt. Noch nie. Die unmittelbare Zukunft wird sich nur als überhaupt erträglich herausstellen, solange Abby Hall weiterschläft. Die mollige Abby Hall mit ihren widerlichen Brüsten und ihrer Akne.

Oh Gott.

Das war ein Fehler, Jasper. Georgia Treely ist die einzige Frau auf der Welt.

Unten finde ich Tenaya. Ihre Augen sind ganz verquollen und rötlich. Sie sitzt neben zwei Haufen benutzter Taschentücher, und eine alte Ausgabe gesammelter Aufsätze von Sartre liegt auf dem Tisch.

»Guten Morgen«, sage ich. Meine Stimme ist belegt vom schrecklichen Geist meiner Vergangenheit.

»Morgen«, erwidert sie.

Sie wirft mir eine Jeans vom Boden zu. Ich nehme das volle Kondom, das daran klebt, ab und steige rein. Die Jeans sieht aus, als könnte sie einem Mädchen gehören. Alles egal. No Future!

»Ich mache uns Kaffee und Zigaretten, dann setzen wir uns draußen hin, und du kannst mir alles erklären«, sage ich ihr.

Sie nickt. Ein sehr schwaches Nicken.
Ich drehe uns Zigaretten, während das Wasser kocht. Jemand hat in meinem Kopf eine Bahntrasse gebaut. Ich habe die Bahntrasse in meinem Kopf gebaut. Ich habe sie mit billigem Wein und ekelhaftem Sex gebaut. Ekelhafter, ekelhafter Sex. Ich kann den Geist der Droge von letzter Nacht auf der Marmorküchenplatte sehen. Ein paar Leute schlafen auf den Küchenfliesen, was ich mir ungemütlich vorstelle, aber es scheint ihnen nichts zu machen. Ana Korsakov und Ping haben es sich in Keiths gelbem Handtuch unter dem Küchentisch gemütlich gemacht. In der Spüle liegt ein Steakmesser in einer Pfütze aus Blut. Komisch.
Pings Augen öffnen sich halb, als der Wasserkocher seinen Höhepunkt erreicht.
Mir ist es egal, dass Ping Ana Korsakov für sich reserviert hat, denn sie mag mich sowieso nicht. Und zwar deshalb, weil ich bei ihrer Party letzten Sommer ihrem Pitbull ein blaues Auge geboxt habe. Das war spannend. Sie nannte mich »*sukr*«. Sie sagte, das sei Russisch für Miststück.
»Morgen«, sagt er und richtet sich auf.
»Ja.«
»Mir ist übel.«
»Du und Ana?«
Ping massiert seine Lider. Wir schauen beide auf das kleine, zerzauste Mädchen, das quer über seinen Beinen schläft.
»Keine Ahnung«, flüstert er. »Ich mein, ich mag sie echt, Mann, nur, ficken geht irgendwie nicht, weißt du, weil sie so nett ist und der ganze Scheiß.«

»Ihr hattet keinen Sex?«
»Russisch-orthodox.«
»Sie wird irgendwann aufgeben müssen.«
»Ich hoffe es mal. Scheiße. Wir spielen nächste Woche im Twelve Cats, vielleicht dann danach.«
Ping ist in einer Ska Band, die Songs über Marihuana singt.
»Vielleicht.«
Ich mache drei Tee, einen lasse ich da für Ping und gehe wieder ins Wohnzimmer.
»Hier«, sage ich und gebe Tenaya ihre Tasse und ihre Zigarette. »Mit dem guten Tabak.«
Wir gehen raus und setzen uns auf die Terrasse, wechseln aber zum Trampolin, nachdem Tenaya gesagt hat, dass das ungemütlich sei. Wir liegen auf dem Rücken und zünden die Zigaretten an.
Der Morgen bringt frühe Versprechen vom Ende der Welt, und der Himmel direkt über unseren Köpfen hat die Farbe von blauem Wassereis. Es ist kalt, aber die Kälte ist eher erfrischend als mörderisch. Mein Kopf sortiert das alles ganz automatisch, ohne dass ich es wirklich wertschätze.
»Dieser Tee ist Dreck, Jasper«, sagt sie.
»Tut mir leid«, sage ich. »Erzähl mir, was passiert ist. Es hat mit Tom zu tun.«
»Ich weiß, du konntest ihn nicht leiden, Jasper«, fängt Tenaya an. »Aber ich fand ihn wundervoll.«
»Ich weiß, dass du ihn wundervoll fandst, Tenaya«, sage ich. »Aber er war ein Riesenspast.«
Sie richtet sich auf und boxt mir aufs Schlüsselbein.

»Er hat Schluss gemacht.«
»Und was soll ich jetzt mit dem ganzen Viagra machen?«
Sie boxt mich wieder.
»Warum?«, frage ich.
Sie legt sich wieder hin.
»Hast du uns streiten hören, letzte Nacht?«
»Ja.«
»Also, der Grund war, dass Rajid mir gesagt hat, dass Tom mit Alice Jennings im Bett war, und ich hab ihn danach gefragt. Ich war nicht sicher, ob es stimmte, weil Rajid es nicht genau wusste.« Alice Jennings ist eines der reichen jüdischen Mädchen. Sie trägt Stiefel von Ugg und ihr Haar zurückgekämmt. »Wir haben uns darüber gestritten, und dann kam Jonah vorbei und sagt: ›Oh, hat sie's rausgefunden?‹«
Tenaya nimmt einen sehr tiefen Zug aus ihrer Zigarette.
»Aber du sagtest, er hätte mit dir Schluss gemacht?«, sage ich.
»Na ja ... ich wollte ihm verzeihen.«
Ich weiß nicht, wie genau »verächtlich« sich anhört, aber ich versuche, dass es möglichst danach klingt, als ich kräftig durch die Nase schnaube. Ein bisschen Rotz kommt raus und landet auf meiner nackten Brust. Ich wische ihn mit der Unterseite der Kaffeetasse weg.
»Also, ich dachte, dass es nichts Großes ist, und ich mag ihn wirklich. Na ja, nach einer Weile sagte er: ›Ich weiß, du willst mir verzeihen, aber ich könnte mir selbst nie verzeihen, also ist es wohl aus.‹«
Das bringt mich dazu, ziemlich hemmungslos zu lachen.
Tenaya fängt an zu weinen.

Ihre Tränen erklären meinem Lachen den Krieg.
Sie gewinnt.
Man nennt das Schuldgefühle.
Ich halte Tenayas Hand, und wir beide hören auf, emotionale Geräusche zu machen. Gott hat den Wassereishimmel verdünnt, so dass helles Licht auf uns fällt.
»Was machen das Blut und das Steakmesser in der Spüle?«, frage ich.
Tenaya lächelt.
»Ein paar Mädchen von der Party im Tal kamen rauf, weil bei ihnen schon Schluss war, und eines von ihnen wollte Jonah erstechen, weil sie sagte, dass er sie vergewaltigen wollte, nur dass sie dann auf dem Irn-Bru ausrutschte, das er auf dem Boden vergossen hatte, und sich ihren eigenen Finger abschnitt.«
»Oh«, sage ich. »Na gut.« Das ist superwitzig und zugleich superätzend. »Ich hatte das Viagra in einer Flasche Irn-Bru aufgelöst.«
Tenaya prustet vor Lachen.
»Du hattest wirklich Viagra? Ich hab doch gesagt, du sollst nett sein.«
»Ist ja jetzt egal. Also, was passierte dann?«
Sie braucht eine Weile, bis sie ihre Fassung wieder hat.
»Dann hat Emma Howes den Finger in ein eisgekühltes Sixpack Fosters gepackt und fuhr das Mädchen ins Krankenhaus, schaffte es aber nicht ganz, weil sie betrunken war und mit dem Wagen in einen Graben schlitterte. Sie rief Jonah an, und er fuhr, so vor einer halben Stunde, um sie abzuschleppen.«
Wir setzen uns beide auf, mit dem Gesicht dem Ende

des Gartens zu. Die Kaninchen wachen auf und gehen auf Patrouille am Zaun ihres Käfigs. Unsere Kaninchen sind nach den Teenage Mutant Hero Turtles benannt: Raphael, Donatello, Michelangelo und Leonardo. Ich wollte sie nach den Biker Mice From Mars nennen, aber die sind nur zu dritt.

»Und wo warst du?«, fragt sie.

»Nirgends. Ping und ich haben das Ketamin genommen, dann war ich müde und bin ins Bett.«

Tenaya hat manchmal so einen Tick, dass sie die Augenbrauen hebt und ihre Nasenlöcher aufbläst, weil sie nicht glaubt, was ich ihr erzähle. Genau das macht sie jetzt.

»Okay, gut. Das ist nicht ganz, was passiert ist. Ich war high vom K und hatte Sex mit Abby Hall, obwohl sie dick ist und ihre Periode hat.«

Ich verstecke meinen Kopf unter meinen Armen, während Tenaya explodiert. Ihre Explosion war vorhersehbar, deshalb habe ich meine Ohren mit meinen Händen bedeckt.

Zwei dicke, haarige Arme legen sich um mich, von hinten, und ein Paar warmer Lippen küsst meinen Hals. Ich höre Abby Hall sagen: »Morgen, Schatz.« Tenaya explodiert wieder. Jonah kommt aus dem Haus und explodiert auch. Ich versuche, mein Herz zu überreden, nicht mehr zu schlagen.

5

Als wir alle dazu gekriegt haben, zu gehen, sagt Tenaya mir, ich soll schlafen gehen. Ich bin zu müde für Streit. Ich mach leise Radio 4 an und schlafe ein, während eine Männerstimme etwas über die Geschwindigkeit des Internet erklärt, auf dem Land im Irak.
Tenaya räumt auf, während ich schlafe, und als Mum und Keith zurückkommen, sind sie nicht schlecht überrascht. Keith schlürft Kaffee in seinem Bademantel, als ich abends runterkomme. Er liest gerade den *Da Vinci Code.* Der Analphabet.

»Hi«, sage ich.
(Mörder)
»Hallo«, sagt Keith.
(Mörder)
»War's schön in Cornwall?«
(Schön jemanden umgebracht in Cornwall?)
»Ja, danke, war ganz nett eigentlich.«
(Hab ein paar unschuldige Rentner gekillt und vergewaltigt.)
»Okay.«
(Ich hetz die Polizei auf dich, und dann wirst du für immer weggesperrt, also genauer: fünfzehn Jahre und viel-

leicht nur sieben, wenn du drauf verzichten kannst, im Knast jemanden zu ficken.)
»Und die Party war ein Mordsspaß.«
(Das ist zu einfach.)
»Echt?«
(Mörder)
»Jep, ich glaube, deiner Mum hat's gefallen.«
(Ich hab sie erlegt, mit meinem Hammer, und dann mit einem richtigen Hammer, und dann hab ich sie gegessen, in einer Lasagne.)
»Wo ist sie eigentlich?«
(Was hast du mit ihr gemacht?)
»Oben im Bad.«
(Badet in ihrem Blut.)
»Okay«, sage ich, »bis morgen.«

Mein Kopf macht Purzelbäume, immer noch, also lieber wieder ins Zimmer und hinlegen. Ich mach den Laptop an und versuche mehrfach, in sozialen Netzwerken Zeichen dafür zu finden, ob Menschen noch wissen, dass es mich gibt. Tut aber niemand.
Ich denke drüber nach, an meinem Roman zu arbeiten, aber stattdessen spiele ich Strip-Solitaire, eine Stunde lang, und schlafe dann ein.

+

Ich wache früh auf, ziehe mich an für die Schule und gehe runter zum Frühstück. Mum hat mir Tee ohne Zucker gemacht. Sie sagt Danke dafür, dass ich aufs Haus aufgepasst habe, dann fährt sie zur Arbeit. Keith ist schon weg. Bevor ich den Sechsminutenweg zur Schule einschlage, gehe ich rüber zum Schuppen, um meine Zigaretten und mein Feuerzeug zu holen und vielleicht ein paar Überbleibsel Marihuana. Ich finde eins der Layton Hill Kids in einer Ecke unter einem alten Mantel, offenbar gerade erst wieder bei Bewusstsein und ständig murmelnd, dass er »hungrig, so verfickt hungrig« sei. Interessant: Bei dem Jungen ist im Schritt alles ausgeschnitten, sowohl die Jeans als auch die Boxershorts. Ich nehme ihn mit den Garten rauf, drücke ihm ein Stück Brot in die Hände und schiebe ihn vor mir her zur Haustür, möglichst in eine ganz andere Richtung.

St. Mary's ist eine renommierte Oberschule mit lauter Auszeichnungen und beneidenswertem Ruf. Layton Hill ist eine Gesamtschule mit einem bemerkenswert laxen Strafsystem und einem ziemlich eifrigen Drogenhandel. Mum hat mal gesagt, sie würde mir lieber Privatstunden geben, als mich dorthin zu schicken. Mir wäre es egal. Beide Schulen sehen aus wie Plastikgefängnisse und riechen nach Knetgummi.

Erste Stunde: Religion bei Mrs Norton. Eine faltige Frau in Hanfklamotten mit Holzperlen, die unglaublich besorgt ist um die Zukunft unserer verdammten Seelen. Das sagt sie uns regelmäßig. Zirka einmal die Woche. Ping nennt sie nur noch: »Starke Tendenz zum Schülerfick mit späterem Geständnis – und dann auf Strafmilderung plädieren aufgrund von ›Gott-bestimmter Liebe‹«.

Mrs Norton scheint auf die Begrüßung verzichten zu können, stellt sich vor die Klasse und klammert sich an einen der alten Projektoren. Sie greift ihn so fest, dass aus ihren Händen alles Blut weicht und sie langsam aussehen wie die Hoden einer Leiche. Jonah hat den Arm oben und wird ignoriert.
»HEIDEN«, ruft sie, »wir sind alle verlorene Lämmer. Uns ist hier so kalt und einsam zumute.« Mrs Norton ist psychisch gestört. Das ist kein großes Geheimnis.
Ping und Jonah lachen schon.
»Horizonte aus Kohle. Dornen unter den Füßen. Suchet den Herrn, denn er möge gefunden sein!«
Tenaya nimmt das Buch von Ha Jin raus, das sie halb durchhat.
Ich frag mich ein bisschen, in welche Richtung das heute noch geht. Mrs Norton ist dafür berühmt, dass ihre Vorträge alle möglichen Formen annehmen.
»Seht mich alle an! Seht und glaubt! Ruft die Kraft Gottes herunter, ruft sie und bannt sie in diesen Projektor!«
Oh Mann.
»Ihr alle müsst glauben, ihr müsst den Glauben festhalten, mit all eurer Macht.«
Ping hat sich umgedreht und spricht mit Sarah Fields.
Jonah spielt mit seinem Telefon.
»Ihr müsst glauben, ruft Gott jetzt herunter, damit er unter uns Menschen weilen kann.«
Mrs Nortons Vorname ist Acacia, wie in Akazie, so ein dorniger Busch.

»Markus 9, Vers 23: Alle Dinge sind möglich dem, der da glaubt.«
Unglaublich, oder?
»Ihr müsst diesen Projektor in der Luft halten, mit eurem Glauben.«
Ich zucke.
Es ist wirklich passiert.
Als der Projektor fällt, zerschellt der Arm, und das Gerät bricht Mrs Nortons Fuß. Sie fängt an zu schreien und zu brüllen: »Eine Klasse von Verdammten!«
Tenaya und ich stehen auf und gehen.
Wir verlassen die Schule durch den Vorderausgang, um an der 61er-Haltestelle Kippen zu rauchen.
Einmal hat Mrs Norton alle unsere Mappen einzeln aus dem Fenster geworfen, mit der Bemerkung, wir mögen die Kraft Gottes nutzen, um sie vor dem Schicksal des Aufplatzens zu bewahren. Anas Oma reichte eine Beschwerde ein, und die Schule schickte Mr Golding, um unsere Stunden zu überwachen. Das hieß, eine Woche richtiger Unterricht, in dem wir biblische Passagen interpretierten und Bezüge herstellten zu aktuellen ethischen Fragen. Als Mr Golding beruhigt abgezogen war, warf Mrs Norton Anas ganze Tasche aus dem Fenster, und Ana wechselte von Religion zu Sozialwissenschaft.
»Warum wurde sie nicht gefeuert?«, frage ich Tenaya.
»Weil sie unterrichten kann.«
»Aber sie tut's nicht.«
»Aber sie kann's. Außerdem, jeder schafft die Prüfung, wenn er das Lehrbuch auswendig lernt.«

Ping schlendert aus der Schule, in der Hand sein Softpack Marlboro Lights.

»Na, was sagst du dazu, Loverboy?«, fragt er.

»Was ist passiert?«

»Sie hat sich den Fuß gebrochen. Vielleicht beide Füße. Jonah fährt sie gerade ins Krankenhaus.«

»Was? Wieso Jonah?«

»Alle Lehrer meinten, sie seien beschäftigt. Na, egal, habt ihr Abby gesehen?«

»Nee, wieso?«

»Du scheinst sie ganz schön heiß gemacht zu haben, alter Fettfetischist. Sie erzählt überall rum, was passiert ist.« Er lacht. »Der blutige Baron«, sagt er. Er wedelt mit den Fingern herum, so wie Leute es machen, wenn sie einen Geist nachmachen, auch wenn Geister nicht wirklich Finger haben.

Ich stöhne.

Wenn Abby mich nicht in Ruhe lässt, muss ich mir was anderes einfallen lassen, um mich zu verteidigen. Wenn sie mitkommt auf die Psychologie-Exkursion und die Abschlussfahrt nach Devon, ihre bemoosten Arme um mich legt und meinen Nacken küsst, wird das alles ruinieren. Sie würde den Georgia-Plan komplett ruinieren. Von Abby Hall begrabscht zu werden kommt nicht gerade verführerisch rüber.

Manchmal ist Verteidigung der beste Angriff. Das sollte ich im Hinterkopf haben.

»Das war irgendwie gestört«, sagt Tenaya.

Ich antworte nicht.

Abby Hall kommt durch das Schultor. Sie läuft direkt

auf mich zu, mit ihren Riesenbeinen, die schwabbeln, nimmt mir die Kippe weg und wirft sie auf die Erde.
»Das ist eine schlechte Angewohnheit, Jasper. Wenn du mich behalten willst, musst du wohl aufhören.«
Wegen meiner überbordenden Feigheit – von meinem Vater geerbt – habe ich extreme Angst davor, anderen Schaden zuzufügen, emotional. Deshalb kann ich, die ganzen sechs Minuten, die Abby Hall mich umarmt und auf die Wangen küsst, nichts sagen. Sie kneift in meine Arschbacke und beißt sich auf die Lippe. Tenaya und Ping grinsen sich an. Es klingelt, zweite Stunde, wir gehen alle wieder rein.
In der Zweiten haben wir Psychologie. Das heißt, ich lerne nichts, denn ich sitz hinter Georgia Treely. Ich beobachte, wie ihr Haar das Licht der Röhrenlampen reflektiert. Sie hebt ihren Arm öfter als andere. Sie trägt Plastikperlen um ihre Handgelenke. Und Handgelenke sind erogene Zonen. Ihre Handgelenke sind hochgradig erogene Zonen. Georgia Treely ist gläubige Katholikin, dickköpfige Vegetarierin und großzügige Philanthropin. Tenaya sagt, daher sei es umso überraschender, dass ich sie attraktiv finde. Dabei ist es das ja gar nicht, was ich attraktiv an ihr finde. Was ich attraktiv an ihr finde: die Bögen ihrer Wangenknochen, ihre Wimpern, ihre schmale Sanduhrfigur, ihre Knöchel, ihre kleinen Füße, ihre Brüste, ihr Haar, ihren Hals und ihren Mund. Sie ist eine Collage der besten Körperteile aus der *Vogue*.
Ich bin nicht oberflächlich. Gesunder Körper, gesunder Geist.

Als Psychologie vorbei ist, habe ich zwei Dinge gelernt: Georgia Treely hat einen neuen Winnie-Puuh-Füller, und Georgia Treely hat ein neues, gelbes Plastikarmband. Ich haue ab, nach Psychologie, denn nach dem Lunch kommt nur noch Sport. Niemand ist zu Hause. Ich gehe hoch in mein Zimmer, um zu zeichnen.

6

20:02 Uhr. Ich bin bei Tenaya. Tenaya duscht. Tenayas Mum schläft neben mir auf dem Sofa, ihre nackten Fußsohlen gegen meinen rechten Oberschenkel gedrückt. Ihre Beine sind getüpfelt von den Ansätzen schwarzer Haare. Sie sieht aus wie ein großes, müdes Kind.
Im Fernsehen läuft der erste Harry Potter. Ein Schwarm heller Boote bewegt sich über schwarzes Wasser. Ich habe den Film öfter gesehen, als ich Sex hatte. Diese Statistik muss ich unbedingt umdrehen. Ich werde damit anfangen, dass ich den Film nicht noch einmal anschaue.
Ich passe auf, dass ich Tenayas Mum nicht anstupse, als ich aufstehe. Obwohl sie es wahrscheinlich nicht bemerken würde. Sie würde wahrscheinlich nicht mal aufwachen, wenn ich sie an den Haaren ziehen und ihr Ohr lecken würde. Alkohol ist ungesund, denn wenn man betrunken einschläft, erinnert man sich nie an seine Träume.

Manchmal fühle ich mich ziemlich schlecht wegen meiner Träume. Im Schlaf tue ich Leuten immer am schlimmsten weh, und es ist egal, ob sie das wissen oder nicht.

Tenaya sitzt auf dem Bett in ihrem Zimmer im dritten Stock, als ich hochgehe. Sie hat ein Handtuch umgewickelt, das ihre Brüste gegen den Brustkorb drückt. Sie lugen über den Rand wie die Stirnen neugieriger Kinder. Ihr nasses Haar schmiegt sich an ihre Kopfform an. Sie schreit meinen Namen und wirft mich raus.

Nicht schnell genug.

Auf der anderen Seite der Tür sinke ich auf den Teppich. Ich schaue mir die Linien auf der Innenseite meiner Hände an. Etwas ist gerade passiert, sehr schnell. Ich weiß nicht, was ich tun soll. Sie war nicht schnell genug, und ich habe es gesehen. Säulen langer Einschnitte verlaufen über ihre Oberarme. Was heißt das? Ich habe im Radio mal was über Leute gehört, die sich ritzen. Ich wusste nicht, was das soll.

Ich klopfe an ihre Schlafzimmertür. Sie sagt nichts. Ich klopfe noch einmal.

»Tenaya«, sage ich.

»Ja.«

»Kann ich jetzt reinkommen?«

»Okay.«

Sie hat sich ein Kleid und eine Strickjacke angezogen, als ich reingehe. Ich setze mich auf die Bettkante. Selbstverletzendes Verhalten ist eine Phase, die viele Jugendliche in der Pubertät durchmachen, hieß es im Radio. Oft ist es ein Hilfeschrei.

»Brauchst du Hilfe?«, frage ich.

»Womit?«

Im Radio haben sie nichts davon gesagt. »Mit deinen Armen.«

»Ob ich Hilfe mit meinen Armen brauche?«
»Na ja, keine Ahnung.«
»Können wir es einfach lassen?«
»Okay.«
Ich stehe auf und mache den Fernseher an. Es kommt derselbe Sender wie unten. Harry Potter. Tenaya tut sich selbst weh. Die Große Halle ist voll mit strahlenden Kindern, die von ihren Steaks abbeißen. Wir machen es uns bequem. Ich stütze mich auf Kissen, und Tenaya legt sich flach auf den Bauch, die Waden in die Luft. Manchmal ist es das Beste, sich an Orten zu verstecken, an denen man noch nie war.

+

Als ich um 23:14 Uhr aufwache, schüttele ich Tenaya, bis ihre Augen aufgehen. Sie reibt mit der Faust in ihren Augenwinkeln. Dann zieht sie ihr Kleid zurecht und setzt sich auf.
»Ich hab Hunger«, sage ich.
»Oh ja.«
»Ich mache Tee.«
»Ich bin in einer Minute unten.«
Ich laufe die vier Treppen runter zur Küche, die im Keller liegt. Ein ruhiger, dunkler Bunker. Eine einzelne nackte Glühlampe wirft ein schwaches Gelb gegen die Wände. Eine Energiesparlampe. Tenayas Eltern denken, dass diese Glühlampe den Planeten retten wird. Ich denke, es ist zu spät, den Planeten zu retten.
Der Wasserkocher kocht laut, weil er sauer ist, dass er

aufgeweckt wurde. Ich nehme die Harry-Potter-Tasse für Tenaya und für mich eine unförmige braune, die ihre Mutter bei einem Töpferkurs gemacht hat, dann drehe ich zwei Zigaretten und stelle alles auf den Tisch. Ich bin aufmerksam. Ich werde Tenaya ein sicheres und angenehmes Gefühl geben, um rauszufinden, warum sie nach Hilfe ruft.

Sie kommt die Treppen runter, lächelt ein wenig und setzt sich mir gegenüber. Sie nimmt einen Schluck Tee, um zu probieren, wie heiß er ist. Ich stecke den Finger in meinen.

»Können wir jetzt über deine Arme reden?«, frage ich.

Tenaya zündet sich eine der Zigaretten an. Sie stützt den Kopf auf ihre Hand. »Nein.«

»Warum hast du Schnitte in deinen Armen?«

»Jasper.«

»Ich habe im Radio was über Selbstverletzung gehört. Sie meinten, dass es üblich ist, dadurch um Hilfe zu schreien.« Ich versuche, so gut es geht zu lächeln. »Kann ich helfen?«

»Ich habe keinen Grund dafür.«

»Warum machst du es dann?«

»Ich weiß nicht.«

Ich zünde meine Zigarette an und nippe am Tee. Tenayas Hände sehen kleiner aus, als ich sie je gesehen habe, und sie zittern. Die Knochen stehen unter der Haut hervor wie Cocktailspieße.

»Immer noch Tom?«

»Nicht für alles gibt es einen Grund, Jasper.«

»Ist Tom der Grund?«

»Vielleicht.«
Ich schaue fester in ihre Augen, wie ein Polizist im Fernsehen, wenn er weiß, dass der Zeuge etwas verschweigt.
»Bist du okay?«
Sie sagt gar nichts mehr. Sie schaut runter in ihre Tasse. Ich versuche, mir vorzustellen, was ein Mann in einem Film machen würde. Ein Mann in einem Film würde sich vorbeugen, ihren Kopf nach oben drehen und etwas in ihren Augen sehen, das alles erklärt. Ich glaube, wenn ich das mache, schlägt Tenaya mich.
Sie drückt ihre Zigarette aus und schaut dann hoch.
»Es passiert manchmal«, sagt sie. »Ich weiß nicht, warum. Manchmal fühle ich mich einfach nicht so gut. Ich weiß nicht. Es ist nicht wegen Tom. Es ist wegen gar nichts. Das ist der Punkt, denke ich. Vielleicht ist es Tom. Ich weiß nicht, Jasper. Sorry.«
»Oh.« Ich weiß nicht, was ich sagen soll. Ich bin mit echten menschlichen Gefühlen konfrontiert. Ich sollte etwas machen. Ich will etwas machen. »Gibt es irgendwas, das dir hilft?«, frage ich.
»Leute«, sagt sie. »Wenn Leute hier sind.«
»Okay. Dann schreib mir bitte, wenn du dich so fühlst.«
»Danke, Jasper.«
»Wir hatten gerade eine ernsthafte Unterhaltung.«
Tenaya lacht. Sie kippt den Rest ihres Tees herunter und steht auf.
»Hast du noch Hunger?«
»Ein bisschen.«
»Bohnen auf Toast?«
»Danke.«

Ich drehe weiter Zigaretten, während sie Toast mit tiefgekühlten Bohnen macht. Ihr Schatten zuckt über die Küchenfliesen. Sie wird eine gute Ehefrau sein. Eine gute Ehefrau und gute Mutter und eine gute Erwachsene. Es wird ihr besser gehen. Ich werde versuchen, immer um sie herum zu sein, bis es so weit ist.
Wir essen stumm, mit Radio 4 im Hintergrund. Als ich fertig bin, will ich herausfinden, ob ich wohl Vater werde.
»Tenaya«, sage ich, »nur aus Interesse: Können Mädchen während der Periode schwanger werden?«
Sie versucht, nicht zu lachen. »Nein«, sagt sie. »Also, das ist quasi unmöglich.«
ICH WERDE NICHT VATER. ICH HABE IM LOTTO GEWONNEN.
»Warum?«, fragt sie.
»Ist das nicht klar?«
»Abby?«
»Ja.«
Tenaya beißt sich auf die Lippe. »Hat's dir niemand gesagt?«
»Was gesagt?«
»Abby hatte ihre Tage nicht. Es war ihr erstes Mal.«
»Was?«
»Ihr Jungfernhäutchen, Jasper. Du hast ihr die Unschuld geraubt.«
Verdammte Scheiße. Ich werde vielleicht doch Vater. Nein.
Nein, das werde ich ganz sicher nicht.
Das darf auf gar keinen Fall passieren.
Aber ich habe jetzt eine Idee, wie ich Abby Hall los-

werden und den Erfolg des Georgia-Plans sicherstellen kann.

»Gibt es irgendwo Wein?«

Beschissener Unschuldräuber.

»Im Kühlschrank.«

»Wollen wir hochgehen?«

»Okay.«

Wieder oben schläft Tenaya nach der Hälfte einer Folge *Gilmore Girls* ein. Ich versuche mich zu entscheiden: Lorelai oder Rory. Geht nicht. Ich mache Tenayas Laptop an und spiele Minesweeper und schaffe eine neue Bestzeit im zweiten Level, aber das heißt gar nichts, weil Tenaya bei Minesweeper scheiße ist.

7

Es ist Dienstagnachmittag. Schule ist aus, und Tenaya und ich sitzen bei Lily's mit einer Teekanne zwischen uns. Sie trägt lange Ärmel. Sie wollte nach der Schule direkt nach Hause, aber ich meinte, dass sie das nicht machen könne.

Ich zeige ihr meinen Plan, wie ich Abby Hall von den Ereignissen der nächsten Zeit fernhalten werde. Der Plan ist ein Brief.

Sehr geehrte Abby Hall,

wir möchten Sie darüber informieren, dass trotz *schweren Konsums illegaler Drogen* während der frühen Schwangerschaft die vorgeburtliche Untersuchung gezeigt hat, dass es keine Anzeichen für defekte Gene oder Chromosomenfehler bei Ihrem Fötus gibt.

Es mag Sie auch interessieren, dass die relative Elastizität Ihrer Schamlippen, erzeugt durch häufigen Geschlechtsverkehr, die Geburtswehen selber relativ schmerzlos gestalten wird.

Wir wünschen Ihnen alles Gute für Ihre Schwangerschaft und freuen uns, Sie im März bei uns zu begrüßen!

Ramad Chankrih

Chefarzt der Abteilung für Babys und Drogen und so am Krankenhaus an der London Road

Tenaya lacht, und aus ihrer Nase kommt ein bisschen Tee. »Niemand würde glauben, dass das ein Arzt geschrieben hat«, sagt sie. »Defekte Gene und Chromosomenfehler kommen doch nicht von schwerem Drogenkonsum.«
»Ihre Eltern wissen das nicht.«
»Natürlich wissen sie das. Ich weiß es ja auch.«
»Ja, und?«
»Ärzte benutzen keine Ausrufezeichen.«
»Enthusiastische Ärzte schon.«
»Und dieser Ausdruck ›Elastizität der Schamlippen‹, Jasper.« Sie hebt ihre Augenbrauen. »So was würde ein Arzt nie schreiben.«
»Und ob, es ist ein wissenschaftlicher Fachausdruck.«
Tenaya nimmt den Brief und liest ihn noch einmal, lachend.
»›Ramad Chankrih, Chefarzt der Abteilung für Babys und Drogen und so am Krankenhaus an der London Road‹. Und das?«
»Ist ein Laienausdruck. Wenn ich ›Chefarzt für Pädiatrie und Suchtkrankheiten‹ schreibe, würden ihre Eltern es vielleicht nicht verstehen. Ich möchte, dass ihnen die Konsequenzen dieses Briefs ganz genau einleuchten.«
Tenaya schmiert Tinte auf das hoch geprägte Wappen ihrer Packung Benson and Hedges. Sie drückt sie auf die obere rechte Ecke des Briefes, so dass ein Siegel aus Tinte bleibt. Sie versichert mir, dass das der Authentizität des Briefes dient. Wir zahlen unseren Tee und gehen.

Zu Hause sitzen Mum und Keith am Küchentisch und trinken Kaffee. Ich mache mir einen Tee und will gerade die Treppen hoch, als Keith anfängt zu reden.
»Hallo, Sportsfreund«, sagt er. Ich glaube, er hat sich das aus dem amerikanischen Fernsehen abgeschaut. »Deine Mum und ich haben gerade darüber nachgedacht, alle zusammen in Urlaub zu fahren. Was meinst du?«
»Klingt gut.«
(Er wird uns in einem Entwicklungsland ermorden, wo die Polizei korrupt ist und er sie bestechen kann, gleich »die andere Wange hinzuhalten«.)
»Was hältst du von Lanzarote?«
(Jesus hat doch gesagt, dass man »die andere Wange hinhalten« soll. Jesus ist Keiths Komplize.)
»Ping war da vor zwei Jahren und meinte, es war schön.«
(Leere, so weit du blickst, sagte er. Perfekt, um Leichen zu vergraben.)
»Deine Psychologie-Exkursion ist an diesem Wochenende, oder?«, fragt Mum.
»Ja, Freitag und Samstag. Nach Plymouth. Wir treffen dort Mörder.«
»Klingt ja spannend«, sagt Keith.
Ich habe mit Keith ja schon einen Mörder kennengelernt, und über Mörder kann ich sagen – wie das Beispiel Keith bestätigt –, dass sie sich gut anpassen können. Ein Mörder kann ein soziales Chamäleon sein. Man braucht eine Fülle faktischer Beweise, um verurteilt zu werden. Das heißt, das Treffen mit den Mördern wird wahrscheinlich nicht besonders aufregend, weil sie versuchen werden, wie völlig normale, gesellschaftsfähige Bürger zu wirken.

»Ja«, sage ich. »Sehr spannend.«
Ich lade einen Film Noir auf meinen Computer runter, dann packe ich den Brief an Abby in einen braunen Umschlag. Ich habe ihre Adresse aus dem Telefonbuch, weil ich weiß, dass ihr Vater Amadeus mit Vornamen heißt. Als ich ihn zur Post bringe, frage ich mich kurz, was passiert, wenn Postangestellte am Schalter Briefe in die Hand bekommen, die an sie selbst adressiert sind. Es gibt sicher Richtlinien bei der Royal Mail, dass sie sie trotzdem ins System geben müssen, aber ich vermute, dass sie sie heimlich mit nach Hause nehmen. Ich denke nicht lange drüber nach, weil ich nach Hause will, um zu masturbieren.
In meinem Zimmer zurück, ist der Film Noir fertig geladen. Ich sehe ihn aber nicht an, weil mein Penis jetzt gerade ein Vulkan kurz vorm Ausbrechen ist, ein alter Damm, eine pralle Wolke oder ein zerfließender Bountyriegel.
Ich gehe auf www.girlsoncam.com, gebe meinen Nickname »Dr Dong7« ein und beginne eine Unterhaltung mit TghtYngPssy.

TghtYngPssy: hallo
Du: hi
TghtYngPssy: ich will kein geld

Ich fühle mich vor den Kopf gestoßen und schlaff. Das Mädchen sieht jung aus und trägt einen Micky-Maus-Pulli. Ihre Beine sind nackt.

Du: okay
TghtYngPssy: was machst du?
Du: ich gehe zur schule

Ich bin von meiner eigenen Ehrlichkeit überrascht.

TghtYngPssy: ich bin auch zur schule gegangen. musste ich aufhören
Du: warum?
TghtYngPssy: geld, wir brauchten geld. man kriegt geld, wenn man im internet sachen in seinen po steckt
Du: ähm
Du: solltest du dann nicht versuchen, geld von mir zu bekommen?
TghtYngPssy: es ist egal. ob du zahlst oder nicht, ich muss trotzdem den ganzen tag vor dem computer sitzen

Sie zündet sich eine Zigarette an. Ihre Augen sind wie die einer alten Katze.

TghtYngPssy: was soll ich für dich machen?
Du: ich weiß nicht, liegt an dir

TghtYngPssy zieht ihren zinnoberroten Tanga aus. Ein unerhörtes erstes Mal. Mädchen ziehen ihre Unterwäsche nie im öffentlichen Chat aus. Dann sitzt sie einfach da, zieht an ihrer Zigarette, die Schenkel geteilt wie das Rote Meer. Ich bin Moses.
Ich ziehe einen von Keiths Golfsocken über meinen Penis. Ich nehme die jetzt immer aus Rache. Ich räche im

Verborgenen den Tod von Margaret Clamwell mit Guerillamasturbation.
Nach vier Minuten ist die Socke voll und ich leer.

TghtYngPssy: bist du fertig?
Du: ja, danke
TghtYngPssy: schon okay. versprichst du mir was?
Du: okay
TghtYngPssy: bitte streng dich an in der schule

Sie loggt sich aus.
Das war verstörend. Um mich wieder zu sammeln, schreibe ich den Entwurf einer E-Mail, die ich abschicken werde, wenn ich sicher sein kann, dass Amadeus Hall meinen Brief gelesen hat.

<to: rainbowsandfireflies@hotmail.co.uk>

RE: Missgeschick

Liebe Abby,
ich schreibe dir, um dir zu deiner neuesten Anschaffung zu gratulieren: ein Fötus!
Kiera hat es mir gestern erzählt. Es tut mir leid, dass deine Eltern dir Hausarrest gegeben haben und du weder auf die Psychologie-Exkursion am 12. noch zur Hüttenparty am 22. mitkommen kannst. Ich bin sicher, es wird andere Partys geben, an denen du nicht schwanger bist, und sie werden genauso lustig sein!
Ich würde dir gegenüber auch gern bekräftigen, dass das

Baby nicht von mir ist, weil wir ja keinen Sex hatten. Auch wenn ich deine Vagina mit meinen Fingern berührt habe, bin ich zu 95 % sicher, dass sie frei von Samen waren und das Baby deshalb nicht meins sein kann. Bitte erzähle niemandem, ich sei der Vater des Kindes! Wenn du das tust, werde ich zu Jeremy Kyle gehen und einen DNA-Test machen, und jeder wird wissen, dass du eine Lügnerin bist. Du weißt, was Jeremy von Lügnern hält. Es wäre eine sehr erniedrigende Erfahrung für uns beide (aber hauptsächlich für dich).

Du hast außerdem Filzläuse, Abby! Du hast sie mir übertragen! Das weiß ich, weil ich gesehen habe, wie du dich bei der Party zwischen den Beinen gekratzt hast, weshalb du die Bierbongs fallen lassen musstest und Bier auf dein T-Shirt kam. Ich hab versucht, meine Schamhaare wegzurasieren und die betroffene Stelle mit Bleiche und Stahlwolle zu reinigen, aber das hat nicht funktioniert. Nach einer kurzen Rücksprache mit Dr. Sarah Mathers bekam ich Permehtrin-1 %-Creme verschrieben, die sehr empfehlenswert ist!

Abby, obwohl du mir Filzläuse verschafft hast und mich indirekt schamhaarlos gemacht hast und deinen Freunden wahrscheinlich erzählen wirst, ich hätte dich geschwängert, wünsche ich dir einen schönen Sommer und eine gute Geburt.

Mit freundlichen Grüßen
Jasper J. Wolf

Ich verfolge drei Absichten mit dieser Mail: Sie wird Abby hoffentlich von meiner Unschuld bezüglich des

Briefes überzeugen; sie wird mich von meiner Vaterschaft befreien, sollte sich herausstellen, dass ich Abby Hall geschwängert habe; und sie wird Abby denken lassen, dass sie nicht allein an Filzläusen leidet. Auch wenn es so ist.
Ich denke, Abby Hall ist leicht beeinflussbar, also wird sie, wie Julia, alles glauben, was ich ihr sage.
Ich beschließe, die E-Mail nicht Tenaya zu zeigen, weil sie wahrscheinlich ethische Bedenken äußern wird.

8

Es ist 7:09 Uhr. Mum versucht mich zu wecken. Ihre Hand liegt auf meiner Schulter. Ich bin irritiert, denn heute ist Dienstag, und wir haben keinen Unterricht, damit wir uns für die Klausuren vorbereiten können, also brauche ich nicht um 7:09 Uhr aufzustehen.

»Nein, Mum, wir haben frei, ich muss nicht aufstehen«, erkläre ich. Kurz überlege ich, ob ich eine aggressivere, abschreckendere Technik anwenden soll (zum Beispiel Fluchen).

»Doch, Jasper, du musst.«

»Ich muss auf keinen Fall, Mum, bitte geh jetzt.«

»Die Schule hat angerufen. Setz dich mal auf.«

Ich setze mich auf. Es ist noch Schlaf in meinem linken Auge. Ich habe Schlaf immer nur in meinem linken Auge. Dad nannte das immer Mondkrümel. Manchmal bekam er im Schlaf so viel vom Mond ab, dass er morgens blind war.

»Kennst du ein Mädchen, das Tabitha Mowai heißt, Jasper?«, fragt Mum.

»Nein, Mum, ich kenne kein Mädchen, das Tabitha Mowai heißt. Darf ich jetzt weiterschlafen?«

»Die Schule hat angerufen, weil sie wollen, dass heute

Morgen alle kommen. Es wird einen Gedenkgottesdienst für sie geben. Sie hat sich gestern Abend erhängt.«

Mum bringt es manchmal, dass sie mich unsensible Sachen sagen lässt, ohne dass ich überhaupt merke, dass ich unsensibel bin. Sie wartet dann, bis ich mit dem Reden fertig bin, um mich auflaufen zu lassen. Ich glaube, sie zieht irgendeine heimliche Befriedigung daraus. Einmal ließ sie mich drei Minuten lang darüber reden, wie wenig Keiths Neffe über Straßen, Gangs und Drogen weiß (nicht, dass das bei mir anders ist) und deshalb nichts dazu zu sagen hat. Dann erzählte sie, dass Keiths Neffe seinen Bruder bei einer Schießerei verloren und selbst einige Schusswunden davongetragen hat, wie 50 Cent oder Eminem.

Ich wünschte, Mum würde Eminem heiraten. Er würde darüber rappen, wie sehr er mich liebt. *Me and this gun, we'll always be there for you, son.* Nice.

Sie verlässt mein Zimmer, ohne weiteren Kommentar. So bleibe ich allein zurück mit dem fauligen Gefühl der Unsensibilität.

Ich beschließe, Tenaya anzurufen, um Details über den Vorfall rauszubekommen.

»Hallo?«, sage ich.

»Hi. Hat die Schule schon bei dir angerufen?«

Ihre Stimme klingt erstickt.

»Ja.«

»Warum weinst du? Kanntest du sie?«

»Nein, aber es ist doch traurig.«

»Menschen sterben jeden Tag. Das sieht man dauernd im Fernsehen. Und du weinst auch nicht jeden Tag.«

»Das ist was anderes. Sie war auf unserer Schule.«

»Aber du kanntest sie doch gar nicht. Du weißt nicht mal, wie sie aussah.«

Tenaya seufzt.

»Warum hat sie es getan?«, frage ich.

»Das weißt du doch!« Ich fange an, zu befürchten, dass ich in irgendeiner Weise in die Sache involviert bin. »Sie war das Mädchen mit dem Baseballschläger.«

Ich bin erleichtert, weil ich nichts mit dem Mädchen mit dem Baseballschläger zu tun habe. Scott Jeppersen war der Typ, der verantwortlich dafür war, dass sie vor zwei Wochen erniedrigende Berühmtheit erlangte. Sie wurde irgendwie dazu überredet, einen Baseballschläger auf recht interessante Weise zu benutzen, live, im Netz. Natürlich machte Scott Jeppersen, der einzige Zuschauer, Gebrauch von seinem Videohandy. Ich hab das Video gesehen, weil Jonah es auf seinem Handy hatte. Es war eigentlich nur ein körniger Porno, in der Hauptrolle ein unnormal junges Mädchen ohne echte Brüste. Nicht dass die Brüste in Pornos echt wären.

»Aber das ist Jahrzehnte her.«

»Keiner hat aufgehört, drüber zu reden. Irgendjemand hat ihr letztens den Spint mit Baseballschlägern vollgestopft.«

»Echt? Das war sicher teuer.« Tenaya antwortet nicht. »Wie hat sie es gemacht?«

»Sie hat sich mit Scott Jeppersens Rugbysocke erhängt, in ihrer Garage.«

»Interessant. Ist eine Rugbysocke lang genug, dass sie um den Hals passt und dann bis zur Decke reicht?«

»Bis später, Jasper, ciao.«
Sie legt auf.
Ich ziehe meine Schulhose an und setze mich aufs Bett.
Es ist komisch, darüber nachzudenken, wie einfach man Schluss machen kann. Es ist vielleicht die größte Entscheidung, die man treffen kann, und es kostet nicht mal viel Aufwand. Man muss keine Formulare ausfüllen oder Geld sparen oder einen Kurs in der Volkshochschule besuchen. Um die imaginären Linien zu überqueren, die sich über den Planeten ziehen, muss man mehr tun. Man braucht Ausweise und Visa und Geld. Aber wenn man sterben will, kann man sich einfach eine Rugbysocke um den Hals binden und für immer weg sein. Und der Körper wird zum Krematorium gebracht, wo Onkel Eb Schreie ausstoßen und Mum in Ohnmacht fallen wird, und sie werden Leonard Cohen spielen, während man zu Asche verbrennt.
Scott Jeppersen muss an seiner Schuld ersticken. Er ist irgendwie auch ein Mörder, nur für ihn ist es schlimmer als für Keith, weil er es ja nicht beabsichtigt hat. Scott Jeppersen hat den Mord an Tabitha Mowai nicht vorbereitet und kann deswegen nicht einfach untertauchen wie Keith. Er wird keine Bücher gelesen haben, in denen steht, wie man einen Mord begeht und sich dann so benimmt, als hätte man keinen Mord begangen. Außerdem weiß jetzt jeder, dass Scott sie ermordet hat, aber niemand weiß, dass Keith Margaret Clamwell getötet hat. Außer mir und Tenaya. Und Tenaya zählt nur halb bei den Mitwissern, weil sie nicht komplett überzeugt ist.

Scott ist so was wie der Mörder, aber alle, die das Video gesehen haben und dachten, es sei gleichzeitig witzig, aber auch ziemlich eklig, waren Komplizen bei diesem Mord. Wenn keiner das Video gesehen und weitergeschickt hätte, wäre Tabitha Mowai wahrscheinlich noch am Leben, und dann würde ich immer noch schlafen und Tenaya nicht weinen. Tabitha spielte aber auch selbst eine Rolle. Ihr Untergang wurde durch ihren eigenen tragischen Makel verursacht: Unanständigkeit. Bei Shakespeare heißt das Hamartia. Tabithas Hamartia war notwendig, damit sich das Schicksal erfüllt, aber allein hätte sie nicht ausgereicht.

Ich ziehe mir Hose und Boxershorts aus und laufe durch den Flur, um duschen zu gehen. Keith sieht mich.

»Mann, zieh dir gefälligst mal was an.«

Ich grinse ihn an.

»Tut mir leid, Keith.«

Er grinst mich auch an. Er ist wahrscheinlich pädophil *und* ein Mörder.

Unter der Dusche kann ich fühlen, wie das Wasser auf meiner Haut tanzt, und ich weiß, ich lebe. Und Tabitha Mowai lebt nicht mehr, aber sie könnte noch leben. Ihre Eltern werden sagen, sie sollte noch leben, aber so etwas wie »sollte« hat keinen Sinn. Ihre Familie tut mir leid, und ich bin neidisch auf sie. Ich bin nicht neidisch, weil sie tot ist, sondern ich bin neidisch, weil ihre Neugier, was den Tod angeht, befriedigt wurde. Oder? Ich weiß es nicht. Ich denke, wenn Leute sich umbringen, machen sie das nicht nur, um vor übergroßer seelischer Belastung zu fliehen. Die Leute lassen ihre Neugier auf

den Tod so wachsen, dass sie viel größer ist als die übergroße seelische Belastung. Wahrscheinlich fühlen sie eine leichte Vorfreude, kurz bevor sie sterben. So wie vor dem Öffnen von Weihnachtsgeschenken, oder bevor du Sex mit jemandem hast, mit dem du noch nie Sex hattest.
Ich wickle ein Handtuch um meine Hüfte, als ich aus dem Badezimmer gehe, für den Fall, dass Keith sich hinter der Tür versteckt hat, mit einer Kamera. Dann drehe ich eine Zigarette und gehe los zur Schule.

Es ist nichts Ungewöhnliches, wenn ich das Frühstück weglasse. Frühstück ist die unwichtigste Mahlzeit des Tages für Menschen, die rauchen.
Die Schule sieht heute vor dem Gedenkgottesdienst besonders unschön aus, als ob sie zusammen mit all den weinenden Kindern trauert, die sich ein paar Wochen zuvor beim Video vor Lachen weggeschmissen haben. Die ungeputzten Fensterscheiben haben sich heute in noch mehr Dreck gehüllt, um ihren Respekt zu zeigen, und das Linoleum glänzt wie traurige Augen. Alle überall sind still. Also komplett still, die Köpfe unten und die Hände im Schoß. Ich glaube nicht, dass jemand es wirklich versteht.
Die Lehrer sagen immer, dass Leute (vor allem Mädchen und Homosexuelle) besonders emotional werden, wenn jemand stirbt, da sie dann an geliebte Menschen denken müssen, die sie »verloren« haben. Ich glaube, Leute werden so emotional, da es sie daran erinnert, dass sie selbst eines Tages sterben werden, was man ziem-

lich leicht vergisst. Letzten Endes führt das dazu, dass Leute dieser anmaßenden Lebensphilosophie verfallen, bei der man jeden Tag so leben soll, als sei es der letzte. Nach einem Tag oder so haben sie das schon wieder vergessen. Im Westen denken die Leute, Betrunkensein ist das Spaßigste, was man machen kann; deshalb macht man das auch beim Leichenschmaus. Ich finde, Sex ist aufregender, also: Sollte ich je einem Leichenschmaus beiwohnen, werde ich wahrscheinlich versuchen, ein Mädchen abzuschleppen. Das wird sicher leicht, weil Mädchen dann besonders empfindlich sind. Ich werde mich nur ein kleines bisschen schlecht fühlen, nachdem ich gekommen bin, auf ihren betrunkenen und tränenüberströmten Gesichtern.

In der Aula sitze ich neben Tenaya, auf den ungemütlichen blauen Plastikstühlen, die zu einer Reihe zusammengesteckt sind, als ob sie Händchen halten, widerstrebend. Sie trägt kein Make-up, und obwohl ich es bemerke, macht das keinen Unterschied. Sie ist trotzdem ziemlich hübsch. Immer noch ungefähr eine 8,5. Ich bin eine 7.

Scott Jeppersen kommt herein. Er weint in ein Taschentuch, das den Großteil seines Gesichts bedeckt. Als Mörder kann er sich schon mal dran gewöhnen, seine Identität zu verbergen.

»Armer Scott«, sagt Tenaya.

»Was? Letzte Woche hast du ihn noch Arsch genannt.«

»Er ist auch ein Arsch, aber jetzt hat er ein Mädchen auf dem Gewissen.«

»Na, wenn du Videos herumschickst, in denen ein Mädchen mit Sportartikeln masturbiert« – Ana Korsakov

wirft mir einen ärgerlichen Blick zu –, »dann brauchst du kaum denken, dass das Mädchen die Aufmerksamkeit schmeichelhaft findet.«
»Ja, aber ich glaube nicht, dass er wollte, dass sie stirbt.«
»Also Totschlag. Fünf Jahre. Schließlich ist sie tot, und schließlich ist es teilweise seine Schuld.«
Jemand hustet. Der Direktor hat die Bühne betreten, in seinem Nadelstreifenanzug und der berühmten roten Krawatte (Mr Hutchinson ist Labour-Mitglied, und manche der anderen Lehrer machen sich gern darüber lustig). Er hält einen Haufen gelber Karten mit Notizen in der Hand. Ich frage mich, was da draufsteht. Wahrscheinlich die wichtigsten Fakten, die da wären:

– Tabitha Mowai, afrokaribischer Herkunft, Essen von der Schule gesponsert
– Baseballschlägermasturbation, YouTube
– Scott Jeppersen, Mörder (kommt aber nicht in den Knast)

Es könnte auch noch ein paar praktische Hinweise für den Redner geben:

– Ausdrücke vermeiden, die als Anspielung zum Thema Baseball verstanden werden könnten, z. B. »Home Run«
– Jeppersen als »der Freund« bezeichnen und nicht als »der Mörder«
– die Schuld nicht den Schülern geben, auch wenn sie schuldig sind
– aufrichtig wirken, als ob du das Mädchen gekannt hät-

test. Inspiration: Beziehung zwischen Professor Dumbledore und Harry Potter. Sie als »ein aktives Mitglied unserer Schulgemeinschaft« bezeichnen

Viele weinen entweder oder lassen es zu, dass sich in den Augenwinkeln Pfützen bilden. Statistisch gesehen ist es wahrscheinlicher, dass sie das Mädchen gar nicht oder nur über das Video gekannt haben, als dass sie sie wirklich kannten. Das finde ich total seltsam. Ich verstehe so was einfach nicht. Ich glaube, ich bin ein kaputter Mensch. Ich bin emotional querschnittsgelähmt, und die ganze Schule spielt Fußball.
Weil ich mich von meiner Behinderung ablenken lasse, bekomme ich nur bestimmte Stichwörter von Mr Hutchinsons Rede mit. Dabei sind: »geliebt«, »wunderschön«, »intelligent« und »voller Leben«.
Im Rückblick scheint sie die perfekte Kandidatin für die Vertrauensschülerin gewesen zu sein, nur dass sie nicht zur Vertrauensschülerin ernannt wurde, weil Mr Hutchinson sich all das bloß ausdenkt. In ihrem Zeugnis stand wahrscheinlich »unauffällig«.

Nach der Versammlung gehen einige Leute in den Pub. Tenaya und ich wollen nicht in den Pub gehen. Tenaya und ich gehen zu ihr. Das Haus ist riesig und viktorianisch, mit Efeu, der sich an der Front hochwindet wie die unheimlichen Finger eines Pädophilen. Ihre Eltern mussten eine Wahnsinnshypothek aufnehmen, um es zu kaufen, und als Folge mussten sie alle Renovierungsarbeiten selber machen und von Zigaretten zu Drehtabak

wechseln. Ihr Dad ist untersetzt und rosa, und ihre Mutter ist ziemlich gestört, also wirklich superbizarr. Beide tragen Gummischuhe und riechen nach Rosmarin.
Manchmal kippt ihre Mutter Wein in den Wasserkocher. Manchmal uriniert sie im Garten und verkündet, dass sie damit das Gras anregt.
Wir sitzen im Keller mit einer Kanne Tee zwischen uns. Dampf windet sich zögerlich aus dem Ausguss, als wäre die Luft ein feindliches Schloss. Tenaya hat aufgehört zu weinen, hält die Augen aber gesenkt und guckt in ihren Tee. Ich stelle mir vor, wie ich ihre Augenlider berühre und fühle, dass sie immer noch feucht sind.
»Ich glaub's nicht, dass sie weg ist«, sagt sie.
Ich sage nichts. Ich glaube es schon, denn sich selbst zu töten ist ja sehr leicht. Sogar ein Hund könnte das.
Mum hatte mal ein Gespräch über Selbstmord mit mir. Wahrscheinlich vor allem, weil Mum manchmal depressive Verstimmungen hat und sich Sorgen macht, dass die genetisch an mich weitergereicht worden sein könnten. Der einzige Charakterzug, den ich von meiner Mutter geerbt habe, ist Zynismus. Sie sagte mir: »Wehe, du bringst dich um, es ist egoistisch, so was zu tun.« Ich sagte ihr, es sei egoistisch von ihr, Selbstmord zu verteufeln, denn es könnte ja sein, dass ich irgendwann in meinem Leben mal unerträglichen körperlichen oder emotionalen Schmerzen ausgesetzt sein werde. Sie guckte ganz bestürzt, also legte ich meine Hand auf ihre Schulter und versicherte ihr, dass ich gerade keine unerträglichen körperlichen oder emotionalen Schmerzen hätte. Mum sagte, sie auch nicht.

Ich sage zu Tenaya, dass ich nicht mehr über den Tod sprechen wolle, weil es langweilig sei. Ich frage, ob sie mit mir Scrabble spielen will, und sie sagt ja, also gehe ich und hole das Brett unter ihrem Bett hervor. Aufgrund ihrer Stimmung legt Tenaya makabere Wörter wie BLUT und SARG und FAUL, auch wenn sie ihr nicht die meisten Punkte bringen. Ich lege VERMITTLUNG, sie legt CIAO, ich lege KAMPFRICHTER, sie legt JASPER. Ich sage ihr, dass sie das nicht machen kann. Sie fragt mich, wer ich denn sei, und ich sage, dass ich es nicht wisse. Ich gewinne.

Punktstand am Ende:

Jasper 315

Tenaya 185

Es fängt an zu regnen, und ich sage Tenaya, dass ich jetzt gehe. Draußen ist der Himmel aus Beton, und die Regentropfen sind Kugellager. Sie prallen klingend auf den Bürgersteigen ab und verstecken sich in meinen Schuhen. Der Regen riecht nach Wald und frisst die Vertrautheit dieser Straßen auf. Je nasser ich werde, desto bewusster werde ich mir. Bewusst, dass ich am Leben bin. Und Tabitha Mowai nicht. Und Margaret Clamwell nicht. Meine Wangen sind fest und rosig. Tabithas werden blass sein wie Papier. Ich frage mich, ob Tote Blutergüsse bekommen, wenn man sie schlägt. Ich beiße einen Zahnabdruck in meinen Unterarm, so dass er aussieht wie eine Armbanduhr. Es tut weh, weil ich lebe, und das ist alles ziemlich verstörend, und doch weiß ich, es liegt noch so viel vor mir, ein ganzes Leben. Und vor Tabitha Mowai nicht. Und das ist noch trauriger als ein Anorexiefetisch oder Pädophilie oder Leute, die weinen und sich schuldig fühlen, weil sie Pornovideos von jemandem geschaut haben, der sich umgebracht hat.

9

Ich wache um 10:20 Uhr auf. Die Sonne ist schon wach und hat sich niedergelassen, in meinem Zimmer. Alles ist sehr hell und warm, wie in einem Gewächshaus. Ich öffne die Fenster und atme die Luft ein, die immer nach Erde riecht, weil unsere Nachbarin eine alte Frau ist, die ihren Garten zum Schrebergarten gemacht hat. Manchmal schenkt sie Mum Tomaten. Mum sagt, sie bewundere unsere Nachbarin dafür, dass sie so aktiv sei, obwohl sie ihren Mann verloren habe. Sie sagt, Frauen kämen immer gut zurecht, wenn sie ihren Mann verlören, aber Männer könnten das umgekehrt nicht. Wie bei Mums Vater. Als meine Oma starb, wurden seine Fingernägel schwarz, und er vergaß, zu duschen. Manchmal hielt er es tagelang ohne Essen aus, um Geld zu sparen für den Besuch einer vietnamesischen Prostituierten, die ihn an ein Mädchen aus dem Krieg erinnerte.

Mum ist bei der Arbeit, und Keith schläft, weil er Nachtschicht hatte. Ich mache Tee und nehme eine Zigarette und die Zeitung mit raus auf die Terrasse. Auf der Titelseite wird ausführlich beschrieben, wie ein junges Mädchen entführt und ermordet wurde ... Die Welt hat Tabitha schon vergessen, weil die Welt sich immer weiter bewegt. Die Welt ist eine herzlose Mörderin. Sie hört damit nie auf. Tabithas Eltern haben wahrscheinlich aufgehört. Sie werden sich eine lange Zeit sehr schuldig fühlen wegen alldem. Jedes Mal, wenn Mrs Mowai nach ihrem Vibrator greift, wird sie das Gesicht ihrer Tochter sehen und von Wellen von Schuld und Trauer übermannt werden.

Es gibt ein Bild in der Zeitung, die das Mädchen zeigt, bevor sie ermordet wurde. Sie hat große, eichenholzfarbene Augen. Mir wird klar, dass Keith sie ermordet haben muss, denn es gibt sicher nicht so viele Mörder in dieser Stadt. Ich schreibe ihren Namen auf meinen Arm. Ich werde ihn später noch brauchen.

Ich gehe wieder nach oben und mache meinen Computer an. Der Teppich fühlt sich beruhigend an zwischen den Zehen. Abby war nicht bei der Gedenkfeier, also müssen ihre Eltern meinen Brief bekommen und ihr Hausarrest gegeben haben. Das heißt, es ist Zeit, die E-Mail abzuschicken.

Ich drücke »Senden« und lehne mich zurück in meinem Stuhl. Abby Hall ist eine Dänische Dogge, und ich habe weder Lust, sie zu füttern, noch zu dressieren. Das nennt man wohl Kaufreue.

Obwohl ich gesehen habe, wie Abby sich in ihrem Schritt gekratzt hat, kann ich nicht sicher sein, dass sie Filzläuse hat. Ich habe mir ja keine Filzläuse von Abby eingefangen und auch nicht meine Schamhaare rasiert oder einen Arzt aufgesucht. Ich fühlte mich schuldig, dass Abby so viel Pech widerfahren ist, und dachte, es könnte ihr guttun, zu wissen, dass auch andere leiden.

Zeit für mehr Tee. Der Tee enthält Theanin, das dich

wach hält, aber auch entspannt. Das lese ich von der Teepackung ab.
Die Türklingel lässt ihr melancholisches Summen los, als das Wasser kocht. Wenn Mum und Keith gerade nicht können, fällt die Verantwortung für Tür oder Telefon an mich. Manchmal, wenn ich in den Wassern der Einsamkeit schwimme, hat das eine therapeutische Wirkung.
»Guten Morgen. Hast du Gott in deinem Leben aufgenommen?«
Ich blinzele und starre den Mann an.
»Das klingt ernst«, sage ich. »Sie kommen besser rein.«
Der Mann ist Anfang dreißig. Er hat kurz geschnittene blonde Haare, eng an die Kontur seines Schädels gelegt. Zwei blaugrüne Augen und ein gut geschnittener Anzug: In meinem inneren Monolog wird mein vertrauensseliges Verhalten sogleich bestätigt.
Er nimmt dankend einen Tee ohne Zucker an, und wir setzen uns gegenüber auf die Sofas.
»Hast du zurzeit eine Beziehung zu Gott?«, fragt der Mann.
Er hat eine sanft flötende Stimme. Ich spüre, dass ich ihm vertrauen kann. Ich hoffe, er missbraucht mein Vertrauen nicht.
»Ich leide an Angststörungen, weshalb es schwierig für mich ist, eine stabile Beziehung einzugehen.«
»Jehova liebt dich, wie auch immer du bist.«
Er nippt an seiner Harry-Potter-Tasse und reicht mir eine Ausgabe des *Wachturm*.
Die Zeugen Jehovas glauben, dass nach einem apokalyptischen Endkampf 144 000 Menschen in den Himmel

aufsteigen werden. Diese spirituelle Bourgeoisie nennen sie »die kleine Herde«. Die Zeugen Jehovas glauben nicht an die Hölle. Das ist das Einzige, was mich an den Zeugen Jehovas interessiert.

Keith nennt sie die »Gottesquäler«.

»Wie viele Menschen, glauben Sie, kommen in den Himmel?«, frage ich.

Er sieht mich an, dann seinen Tee, dann wieder mich.

»Nur einige wenige.«

»Aber wie viele *genau*?«

Ich bin nicht pedantisch, ich bohre nur nach.

»Einhundertvierundvierzigtausend«, sagt er.

Ich glaube, er schämt sich. Wir beobachten einander.

»Es gibt sechs Komma sieben Milliarden Menschen auf der Welt«, sage ich. Er nickt. »Das macht mich traurig. Wollen Sie eine Zigarette?«

»Wir konsumieren keinen Tabak.«

Sekten sind so repressiv. Außer die Manson Family. Die haben schon alles Mögliche probiert.

Ich sage ihm, dass er eine Sekunde warten soll, und hole mein Telefon raus. Das ist die Rechnung, die ich auf dem Taschenrechner des Telefons mache:

144000 : 6700000000 = 0,0000214925373134328 35
0,000021 x 100 = 0.0021

»Null Komma null null zwei ein Prozent der Menschen, die leben, werden in den Himmel kommen«, sage ich, lege meine Hand auf seinen Oberschenkel, fühle mich dann unbehaglich und ziehe sie zurück.

»Ich glaube, ich sollte gehen«, antwortet er.
»Ich verstehe.«
Ich beobachte, wie sein schöner blonder Schädel in der Ferne verschwindet. Ein tapferer Mann. Es muss schwer sein, damit umzugehen, dass man weiß, es gibt ein Paradies, aber man selbst wird es ziemlich sicher nicht dorthin schaffen.
In zwei Tagen werde ich ihn vergessen haben, so wie alle Tabitha Mowai vergessen haben, wie alle alles vergessen, eines Tages.

10

Als wir uns heute Morgen vor der Schule versammelten, war Abby Hall nicht da. Ich fühlte mich erleichtert und erfolgreich.

Eine Wahrsagerin in Brighton sagte mir letztes Jahr: »Du wirst in all deinen Bemühungen erfolgreich sein.« Vielleicht wird genau das jetzt Wirklichkeit. Vielleicht bekomme ich vier Einsen und schreibe einen Booker-Prize-Roman und habe Sex mit Georgia Treely. Nur dass nichts davon passieren wird, weil ich keine Motivation habe, kein Talent und keinen Charme.

Wir sitzen im Bus. Es riecht nach alten Frauen und Übelkeit. Tenaya liest Sylvia Plath und bleibt hartnäckig still. Die Stimmung ist schokoladig. Alle Münder sind beschäftigt, entweder mit Klatsch über Sex oder mit Chips. Wir stehen noch, aber mein Magen hat schon angefangen zu rumoren.

Der Busfahrer stellt sich als Ben vor, versucht, unsere Gunst durch Witze zu gewinnen (Welcher Bus hat den ganzen Ozean überquert? Columbus!), und wirft den Motor an. Das Motorengeräusch, kombiniert mit dem betrunkenen Schwanken des Busses, bildet ein mildes Gift, das meine Eingeweide in einen pochenden, geriffelten Schmerz verwandelt.

Wir fahren auf eine Psychologie-Exkursion nach Plymouth. Es ist unser Vergnügungsausflug, als kleine Entschädigung für die ganze harte Arbeit, die wir während der Prüfungen haben. Mit drin sind die Übernachtung in einem Hostel und die Teilnahme an einer Konferenz, bei der ein paar Mörder und Vergewaltiger zu uns sprechen. Sie werden wahrscheinlich irgendeinen interessanten Clou einbauen, um uns zu überraschen und bei Laune zu halten. Ich schätze, ich werde mich langweilen und zynisch werden, weil wir schlechten Menschen zuhören müssen, die schlechte Dinge getan haben, und ich würde lieber guten Leuten zuhören, die Gutes getan haben, auch wenn das von weniger Interesse für die Psychologie ist. Oder zumindest für die Richtung von Psychologie, die wir in der Schule lernen. Man sollte in der Oberstufe die Wahl zwischen positiver und negativer Psychologie haben, denn bei unserer Art von Psychologie lernt man vor allem was über Serienmörder und Schizophrene, aber ich würde lieber was über Verliebte lernen, und über Kinder, die den Krebs besiegt haben.

Manche von den Mädchen finden die Mörder bestimmt attraktiv. Ana Korsakov sagte irgendwann mal, Jeffrey Dahmer sei »echt sexy« und »geheimnisvoll«. Er ist ein Amerikaner, der siebzehn Menschen getötet und vorher versucht hat, sie in Sexzombies zu verwandeln. Manche Mädchen finden ihre Vergewaltiger doch vielleicht auch attraktiv, denn ich kenne mindestens drei Mädchen, die davon fantasieren, vergewaltigt zu werden. Als ich zum Beispiel mit Sarah Ivor Sex hatte, wollte sie, dass ich sie würge.

Am zweiten Tag besuchen wir außerdem das Kriminalmuseum.
Mrs Norton liest die Klassenliste vor, in ihrer pelzigen Heulstimme. Sie kommt mit, obwohl sie keine Psychologielehrerin ist, weil einer der Psychologielehrer gerade mit seiner Schwester die Eintragung ihrer Lebenspartnerschaft feiert. Der Psychologielehrer, der nicht zur Lesbenhochzeit fährt, ist Mr Mandalay, und heute sieht er besonders angespannt aus. Mr Mandalay mag Folkmusik, Wandern und Abende am Lagerfeuer. Das hab ich eines Nachts herausgefunden, als Tenaya und ich betrunken waren und anfingen, unsere unverheirateten Lehrer auf Dating-Webseiten zu suchen.
»Kimberly Acheman?«, liest Mrs Norton.
»Ja.«
»Sarah Asti?«
»Ja.«
»Imran Balki?«
»Ja, Sir.«
Kurz brandet Gelächter auf. Mrs Norton ist taub.
»James Falk?«
»Ja.«
»Abby Hall?« Eine bedeutungsschwangere Pause.
»Abby?«
Die Mädchen in der letzten Reihe bekommen einen Lachflash.
»Sie ist im Mutterschaftsurlaub, Miss.«
Mrs Norton murmelt: »Heiden!«, dann liest sie weiter in der Liste. Ich fühle mich ein bisschen schuldig, aber das Gefühl erdrückt mich nicht gerade.

»Hat es funktioniert?«, fragt Tenaya.
»Anscheinend ja.«
»Weiß sie, dass du es warst?«
»Ich habe mich aus der Sache mit dem Brief herausgezogen, indem ich ihr eine E-Mail geschrieben habe. Sie hat nicht geantwortet. Wahrscheinlich haben ihre Eltern ihr Computerverbot erteilt.«
»Sie kriegt es auf jeden Fall raus.«
Mit einer weisen Drehung des Kopfes lehnt sich Tenaya zurück und widmet sich wieder ihrem Buch.
Abby Hall wird es ganz sicher nicht rauskriegen. Selbst wenn, wäre es egal. Momentan interessieren mich nur die kurzfristigen Folgen. Die da wären: ein Abby-freier Ausflug und eine Abby-freie Hütte. Platz genug für den Georgia-Plan. Mit den Langzeit-Abby-Folgen werde ich mich auseinandersetzen, wenn sie mir entgegenschlagen. Diese Art kurzfristigen Denkens nennt man Kurzsichtigkeit. Sie ist gefährlich.
»Weißt du was«, sagt Ping, sein Gesicht eingeklemmt zwischen den zwei Sitzen vor mir.
»Was?«, frage ich.
Als Antwort hebt er eine erstaunlich große, wiederverschließbare Sandwich-Tüte voller Marihuana hoch. Ich grinse.
»Der Ausflug wird gut«, sagt er und dreht sich zurück.
Meine durch indirekten Drogenkonsum hervorgerufene Aufregung schwindet im Laufe der nächsten zwei Stunden. Tenaya hat ihr Buch durch und schläft auf meiner Schulter ein. Ich drehe eine ganze Dose voller Zigaretten, und eines der Mädchen hinter uns droht damit, es Mrs

Norton zu verraten, bis Ping sich rumdreht und fragt: »Was hast du, Susie? Übergewicht?« (Ping hat Susie Smith auf einer Party letztes Jahr geleckt und ihre Vagina später als »Viennetta-Eis aus Schinken« beschrieben.)
Als Ping einschläft, versende ich von seinem Telefon aus »Ich bin heiß auf dich«-Nachrichten an seine Cousinen. Ich esse einen Nutri-Grain-Müsliriegel und schlafe aus Langeweile auch ein.

+

Argh. Plymouth ist ein grässlicher Betonblitzkrieg. Wenn es ein Mensch wäre, wäre es jemand, der jeden Tag dasselbe isst und auf Bilder von Dampfzügen onaniert. Alle Gebäude scheinen von einem einzigen, manisch-depressiven Stadtplaner entworfen zu sein.
»Alle in einer Reihe aufstellen«, sagt Mrs Norton. »Die Universität ist nur einige Meter von hier.«
Es ist 11:47 Uhr. Alles hier hat die Farbe von Langeweile und Kapitulation. Das erinnert mich an Mum und Keith, denn sie sind ein extrem resigniertes Paar. Sie machen keinen Versuch, sich selbst oder ihren Nachwuchs weiterzubringen (Keiths Töchter arbeiten beide als Stripperinnen in Birmingham), und sie scheinen vollkommen zufrieden damit, in den kleinsten Häusern der am wenigsten grünen Vororte zu leben und jeden Abend die grießigen Wiederholungen von *Holby City* zu sehen. Sie joggen auf einem Laufband, das sie nicht fitter macht. Zum Glück hat sich dieses Versagen meiner Mutter nicht auf mich übertragen, und ich werde weiterhin versu-

chen, es ganz nach oben zu bringen, bis ich es mir leisten kann, Fruchtsaftkonzentrat unverdünnt zu trinken. Wie jemand, der es geschafft hat.

Als wir aus dem Bus steigen und Tenaya die Atmosphäre um sie herum aufsaugt, sagt sie: »Toll!«

Mrs Norton strahlt, Ping sagt: »Jesus!«, was ihr Grinsen vernichtet.
Die einzigen Leute, die ich im Vorbeigehen sehe, haben Gesichter in der Farbe von trockenem Lehm. Sie schauen nur auf den Boden. Auf den Bürgersteig. Unser Gänsemarsch ist ein Trauermarsch.
Als wir an der Universität ankommen, bringt uns ein kleiner, zittriger Mann mit netten Augen zu einem länglichen Raum mit einer Leinwand. Er lächelt alle an, nicht nur die Mädchen. Wir sitzen auf grünen Plastikstühlen und warten auf weitere Anweisungen.
»Sollen wir abhauen?«, fragt Ping.
»Ich will irgendwie schon den Vergewaltiger sehen«, sage ich ihm.
»Warum?«
»Deviantes Verhalten interessiert mich.«
»Du bist strange.«
Der Vergewaltiger stellt sich als großer, dünner Mann heraus, mit einer Haut wie Knetgummi und unruhigen Händen. Wenn er spricht, verletzen ihn seine eigenen Worte. Er gibt mir das Gefühl, dass ich ein starkes, ausgeglichenes Individuum bin. Ich schätze, das ist in Teilen der Zweck dieses Ausflugs.

»H-h-hallo, ich heiße John und hab etwas Schlimmes getan, und ich werde euch heute etwas darüber erzählen, und ihr könnt daraus lernen und anderen helfen, wenn ihr erwachsen seid.«
Tenaya macht Notizen. Sie hat in ihr Notizbuch geschrieben: »Niemanden vergewaltigen!«
»K-k-kann irgendjemand raten, was ich getan hab?«
Er dreht zuckend seinen Kopf. Einige der Mädchen von anderen Schulen heben die Hand. Ping auch.
Der Vergewaltiger weiß wohl nicht, dass auf jedem Stuhl ein Programm liegt.
»J-j-ja?«, fragt der Vergewaltiger Ping.
»Pädo.«
Wir lachen alle. Die Privatschulmädchen werfen uns vernichtende Blicke zu. Mrs Nortons Kiefer spannt an, und ihre Augen treten aus dem Kopf hervor. Der Vergewaltiger betrachtet den Boden.
»Ei-ei-eigentlich nicht, nein, i-i-ich habe jemanden vergewaltigt, es war –«
»Haben Sie ein Kind vergewaltigt? Wenn Sie ein Kind vergewaltigt haben, dann gehen Sie trotzdem als Pädo durch«, verkündet Ping.
Mrs Norton greift ihn an der Kapuze und führt ihn aus dem Raum. Alle lachen. John, der Vergewaltiger, hat seine dünnen Lippen zu einem künstlichen Lächeln gezwungen. Ich finde das Ganze leicht amüsant.
»Das ist krank!«, ruft jemand.
»N-n-nein, ich habe kein Kind vergewaltigt.«
Ein Mädchen von der Schule, die links von uns sitzt, hebt die Hand. Sie alle haben bordeauxrote Blazer an,

auf deren Brusttaschen kleine Bäume gestickt sind. Ein erstaunlich großer Teil von ihnen trägt blonde Zöpfe zur Schau, die sich runterkringeln wie strömende, bleiche Flüsse.

»J-j-ja?«, fragt er den Arm mit dem Blazer.

»Warum haben Sie das getan?«, fragt das Mädchen. »Das ist so schrecklich.«

»Keine Angst, niemand würde sich bei dir die Mühe machen«, ruft Jonah.

Mehr Gelächter. Gelächter wie Steine, die versteckt liegen und sich nur zeigen, um Vergewaltiger in der Öffentlichkeit zum Stolpern zu bringen. Mrs Norton winkt Jonah wild zu, dass er den Raum verlassen soll, also stehen Tenaya und ich auch auf, und dann stehen wir alle draußen auf dem Bordstein, ausdruckslos.

»Wohin jetzt?«, fragt Ping.

»Ich weiß nicht. Der Typ war ganz schön unheimlich«, entgegnet Jonah.

»Wir haben den Mörder verpasst«, sage ich traurig. Auch wenn ich Keith schon getroffen habe, dachte ich, es könnte nützlich für meine Forschung sein, einmal zu sehen, wie er sich mit anderen Mördern vergleichen lässt. »Ich wollte den Mörder sehen.«

Vor der Exkursion gab Mr Mandalay uns Broschüren mit dem Titel: »Serienmörder – Ein Arbeitsbuch«. Darin beschreibt er eine Theorie namens »Die Trias der Soziopathie«, die aussagt, dass Mörder folgende Verhaltensweisen schon als Kinder aufweisen: Misshandlung von Tieren, starker Hang zu Feuer und beständiges Bettnässen nach dem fünften Lebensjahr. Ich habe alles Mögliche probiert, um Details über Keiths Haltung zu diesen Verhaltensweisen herauszubekommen:

Misshandlung von Tieren
Auf einer Familienfeier letztes Jahr habe ich Omas Hund Missy getreten und flüsterte Keith zu: »Was für ein Stück Scheiße, oder, Keith?« Er lächelte mich an. Weil er es mochte. Weil er ein Mörder ist.

Starker Hang zu Feuer
Wenn Mum das Kaminfeuer im Wohnzimmer anmacht, wird Keith immer wütend und sagt, sie solle ihm das überlassen. Er versucht, seine Schwäche fürs Zündeln zu verstecken, indem er behauptet, das sei nur, weil »Frauen in so was mies sind«.

Bettnässen
Das war schwierig. Am Ende musste ich meinen Stolz hinunterschlucken, im Namen der Forschung. Er schmeckte nach Dreck und altem Schleim. Als Keith eines Morgens herunterkam, nahm ich ihn an die Seite für ein Mann-zu-fast-schon-Mann-Gespräch. So was mag er. Ich vertraute ihm an, dass ich das Bett genässt hätte, und fragte, ob das normal für einen Jungen in meinem Alter wäre. Er versicherte mir, alles sei in Ordnung. Weil er in der Pubertät beständig das Bett genässt hat. Weil er ein Mörder ist.

Wir zünden uns Zigaretten an und laufen zu einer Bar gegenüber der Uni. Sie heißt Ezee. Hier klingt es nach

Soft Jazz und Stille. Jonah bestellt das Bier, weil er der Einzige ist, der achtzehn ist, und wir sitzen herum und trinken.

»Was machen wir heute Abend noch?«, fragt Ping.

»Wir sollten nichts machen, dann können wir morgen ausgehen.«

»Wieso willst du denn nichts machen, Blutsbruder?« Jonah hat angefangen, mich »Blutsbruder« zu nennen, weil es passenderweise sowohl ein Ausdruck mit street credibility ist als auch eine Anspielung auf meine Trunkenheit beim Geschlechtsakt. »Abby ist doch gar nicht da.«

»Ja, warum ist sie eigentlich nicht da?«, fragt Tenaya spöttisch und dreht ihr Gesicht herum, um mich anzusehen.

»Hat sie überhaupt Psychologie?«, fragt Ping.

»Sie sitzt neben dir«, sage ich.

»Sorry, Blutsbruder. Ich hab sie nicht bemerkt, weil ich mit Lernen beschäftigt war, während du Wettglotzen mit ihrer Muschi gespielt hast.«

Alle lachen. Ping ist kein Anfänger. Ich gewöhne mich langsam an diese Ausbrüche von Gelächter. Ich fass es nicht, dass ich roten Sex mit Abby Hall hatte. Ich hatte roten Sex mit Abby Hall. Abby Hall. Roter Sex.

Als wir unser teures Bier ausgetrunken haben, kauft Jonah eine Kiste billiges Bier und Wodka in einem Eckladen, dann warten wir vor der Universität. Als sie herauskommt, sieht Mrs Norton erstaunlich gefasst und okay aus, wenn man die vorangegangenen Qualen berücksichtigt. Sie und Mr Mandalay führen uns dahin, wo wir bleiben werden: das Hope House Hostel.

»Guten Tag«, begrüßt Mrs Norton die Rezeptionistin.

»Wir haben eine Reservierung für achtzehn Personen, auf St. Mary's.«
Die Rezeptionistin hämmert auf eine Tastatur und wühlt sich durch einen Haufen Papier, bevor sie ihr Ergebnis verkündet.
»Es tut mir leid. Ich finde nichts.«
»Aber wir haben reserviert.«
»Es tut mir leid, Miss, ich kann Ihnen nicht helfen.«
Mrs Norton und die junge Rezeptionistin beäugen sich eine Weile.
»Peter, tun Sie was«, sagt Mrs Norton. Ihre Hände schwellen an.
»Ich glaube es zumindest«, flüstert Mr Mandalay.
»Nur ein Scherz!«, sagt die Rezeptionistin. Mrs Norton kann mit dieser Art von Humor nicht umgehen. »Willkommen im Hope House Hostel!«

+

Wir sitzen auf dem Teppich in unserem Achtbettzimmer. Ana liegt mit dem Kopf auf Pings Jeansschoß, und Jonah sitzt in Unterwäsche herum und dreht Zigaretten. Er hat sehr dünne, aber definierte Wadenmuskeln. Das hat sich jetzt schwul angehört.
Komischerweise ist Jonah gläubiger Katholik, trotz seiner Promiskuität. Immer wenn Jonah Sex hatte, badet er danach in kaltem Wasser, um »sich zu läutern«. Er sagt, das sei der einzige Grund, warum er noch nie draußen Sex hatte. Als ein Beweis für seinen Glauben ließ Jonah einen der Jungs aus dem Jahrgang über uns die Jungfrau

Maria auf seinen Rücken tätowieren, mit einer Tätowiermaschine, die er bei eBay für fünf Pfund gekauft hatte. Der Junge hatte nur schwarze Tinte, also ist es bei der Kontur geblieben. Manchmal, wenn er flirtet, lässt Jonah Mädchen die Kontur mit Filzstift ausmalen.
»Wie ist der Plan?«, fragt Jonah.
»Auf jeden Fall nicht ausgehen«, sage ich ihm.
»Hat irgendjemand Becher?«
»Ja, ich hab massenweise Becher.«
Jonah nimmt die Wodkaflasche aus der Plastiktüte. Wir trinken daraus. Ana weigert sich. Ich zwinge mir den Wodka die staubige Kehle hinab.
»Ich mag keinen Wodka«, sagt Ping.
»Niemand mag Wodka, du Spast«, sagt Jonah. »Das ist der Witz.«
Wir öffnen Bier und kühlen damit das Brennen. Anas Finger tanzen über Pings Handrücken. Auf Jonahs iPhone läuft Musik.
Tenaya sagt, dass sie draußen eine rauchen will, also folgen wir den Betontreppen nach unten, raus aus den Sperrholztüren des Hostels. Die lustige Rezeptionistin steht auch draußen, bedächtig an einer Richmond ziehend. Ping meint, Richmond sei die schlimmste Zigarettensorte der Welt. Er sagt, sie haben Potenz zur Impotenz.
Sie zieht melancholisch an der Zigarette. Das ist das einzig Melancholische an ihr. Der Teil von ihr, der sich nur zeigt, wenn sie raucht. Es ist komisch zu sehen, dass ein großer Teil einer Person nur durch kleine Gesten verraten wird, so, wie wenn Keith seine Mord-Phrasen be-

nutzt oder wenn Mum meinen Freunden zuzwinkert. Man kann seine Peinlichkeiten nie ganz im Griff haben.

»Hi«, sagt die Rezeptionistin. »Seid ihr von der Schule?«

»Nein«, sage ich.

Wir gehen weg und rauchen die Zigaretten in einem ungemütlichen Busch zu Ende, denn mit Leuten zu reden, die so viel lächeln, ist anstrengender als ein Triathlon.

11

Es ist 8:45 Uhr. In meinem Kopf spielt eine Band mit Instrumenten aus Schrott. Jonah hat gerade versucht, Ping zu wecken, indem er ihm die Decke wegzog, und dann war Ana darunter, nackt, um Pings kaffeebraunen Hintern gekringelt wie ein halb aufreizender Blutegel. Ping fluchte, und Jonah lachte.

»Frühstück!«, verkündet Jonah. Heute trägt er eine weiße, ärmellose Weste und sehr enge schwarze Jeans. Sein Haar ist ein Nest, aus altem Haarwachs gebaut, heimgesucht vom Geist eines Kissens.

Wir gehen alle runter in die Kantine, die aussieht wie unsere Schulcafeteria, außer dass sie voller Leute ist, die wirken wie Obdachlose, und voller Rucksacktouristen. Es gibt »Continental Breakfast«. Tenaya nimmt ein Croissant und ich Toast mit Marmelade. Ein paar alte Männer sind sauer auf Jonah, weil er die ganze Kanne Milch ausgetrunken hat, die für den Kaffee gedacht war, und es nicht zugibt, trotz der weißen, schuldigen Schmierflecken um seinen Mund.

Wir gruppieren uns um einen der Tische herum. Unrasierte Männer bringen Jonah mit ihren Blicken um. Wir müssen uns später vielleicht unseren Weg hier raus-

kämpfen. Ana versucht, Pings Hand zu halten, aber Ping will essen. Die beiden liegen im Krieg miteinander, tun aber so, als wäre alles normal, so, wie wenn ein Mädchen deinen Hals küsst und du dezent versuchen musst, ihren Kopf dezent nach unten zu drücken, damit sie dich bläst.
»Ich hab was ganz Seltsames geträumt«, sagt Ana.
Ich höre auf zuzuhören.

+

Wir sind im Kriminalmuseum. Und das seit zwei Stunden. Ich habe zahlreiche antike Schlagstöcke und Folterinstrumente und Pistolen und Sklavenmemorabilia gesehen. Vorhin nahm Jonah eine der Ku-Klux-Klan-Kapuzen von ihrem Gestell, setzte sie auf und rannte zu Imran mit dem Ausruf: »Dein Ende naht!« Imran schlug ihn durch die Kapuze ins Gesicht, und Mrs Norton fiel beinahe in Ohnmacht. Jetzt hat Jonah eine anschwellende Delle rund ums Auge.
Tenaya und ich stehen vor einem alten elektrischen Stuhl aus den USA. Sein Spitzname ist »Yellow Mama«. Auf der Infotafel heißt es:

Früher elektrischer Stuhl
1887 von Alfred P. Southwick gebaut. Der elektrische Stuhl diente als neue Exekutionsmethode anstelle von Hängen. Die Erfindung beruht auf Southwicks Beobachtung eines Betrunkenen, der starb, nachdem er eine frei liegende Stromleitung angefasst hatte. In den USA bis heute in Gebrauch.

»Ich find's so krass, dass sie das immer noch machen«, sagt Tenaya.
Ich zucke mit den Achseln. »Ich nicht«, sage ich.
Neben dem Stuhl steht ein grobes Modell von Auschwitz in einem gläsernen Quader. Keines der Ausstellungsstücke ist logisch angeordnet. Neben Auschwitz steht eine der Frostkanonen aus *Bugsy Malone*. Das ganze Gebäude riecht nach Katzen und nassem Papier.
»Auschwitz«, sagt Tenaya. Sie sagt das sehr leise.
Ich weiß, dass sie dasselbe denkt wie ich. Sie denkt an die Geschichtsexkursion, als wir dort waren. Als wir alle in einem Halbkreis auf Plastikstühlen saßen und uns anhörten, wie ein Überlebender langsam von seinen Erfahrungen erzählte. Er sah so zerbrechlich aus wie ein Käfig aus Zuckerwatte und hatte das verschwommene Gespenst einer Zahl auf seinem linken Unterarm. Mr Glover weinte. Tenaya drückte meine Hand, bis sie sich nicht mehr anfühlte wie meine Hand. Jonah machte so ungefähr das Gegenteil einer religiösen Erfahrung.
Größtenteils streunen die Leute im Museum und berühren Dinge mit ihren Händen oder Nasen. Das passiert ja dauernd. Letztes Jahr waren wir in der Tate, und alle taten so, als interessierten sie sich für die Kunst, aber eigentlich wollten sie sie bloß anfassen. Die Leute verbrachten Stunden damit, die Marmorskulpturen zu befummeln. Wenn ich in den siebzehn Jahren, in denen ich lebe, irgendwas gelernt habe, dann ist es, dass Menschen es sehr mögen, Dinge anzufassen.

Dinge, die Menschen gern anfassen:

Vaginas
Teure Sachen in Geschäften
Wackelpudding, der noch nicht fertig ist
Feuerzeuge
Hälse
Totes
Hunde
Glas
Narben
Piercings
Dinge, die auf dem Boden liegen, wo sie nicht liegen sollten
Wangen von Kleinkindern
Schnee
Anderer Leute Knie
Knöpfe
Hintern

Am liebsten hätten die Menschen auch den Tod zum Anfassen. Sie versuchen es, indem sie sich von Berghängen abseilen oder Berichte über Israel in den Nachrichten sehen. Anfassen hat mit Neugier zu tun. Und Neugier mit dem Tod.

Als wir alles einmal gesehen haben, besteht Jonah drauf, dass wir den Museumsshop besuchen. Der Museumsshop verkauft gelbe Radiergummis und Bleistiftspitzer und große, hell bemalte Kieselsteine. Auf allem steht

»Kriminalmuseum Plymouth«. In einer Ecke des Raumes sitzt eine ältere Dame hinter einer grauen Plastikkasse, liest Maeve Binchy und massiert ihre Schläfen in langsamen, gleichmäßigen Kreisbahnen.
»Der Kram hier ist so scheiße«, sagt Jonah. Er wirft einen Plastikbrieföffner zurück auf den Stapel.
Die ältere Dame zuckt. Sie schaut nicht auf.
»Können wir gehen?«, frage ich.
Jonah antwortet nicht.
Er geht rüber zu einem Drahtständer mit Scherzartikeln. Juckpulver, schwarze Seife, Süßigkeiten, die nach Pisse schmecken. Scherzartikel sind das Allerschlimmste. Jonah liebt Scherzartikel. Sie geben ihm das Gefühl, einen Insiderwitz mit dem Rest der Welt zu teilen.
»Schau dir das an«, sagt Jonah und drückt mir ein kleines Päckchen in die Hände. Er lacht hysterisch. Ich dreh es um. Darauf sind das Bild von einem Kreuz und der Schriftzug »Katholisches Kondom«. Jonah krümmt sich vor Lachen. »Es ist ein ...« Mehr Lachen. »Es ist ein ...« Lachen. »Es ist ein Kondom, bei dem die Spitze abgeschnitten ist.« Er findet das richtig lustig.
»Ich finde das nicht so richtig lustig«, sage ich. »Das ist doch total unverantwortlich.«
Wir gehen zurück in den Eingangsbereich, wo Mrs Norton steht, mit den Armen herumfuchtelt und versucht, die Leute zu zählen.
»Alle mal herhören!«, sagt Mrs Norton. Sie steht neben einer alten Polizeiuniform. »Mr Mandalay und ich werden jetzt gehen. Ihr könnt bleiben, solange ihr wollt, oder ins Hostel zurückgehen, oder in die Stadt. ABER:

SECHS UHR seid ihr alle zurück im Hostel, und jeder, der sich nicht daran hält, WIRD HART BESTRAFT.«

Alle nicken und schlurfen raus. Ping und Ana verschwinden, die Arme ineinandergeschlungen wie olympische Ringe.

»Was nun?«, fragt Jonah, eine Packung Tabak aus seiner Gesäßtasche ziehend.

»Ich glaub, ich geh zurück ins Hostel«, antwortet Tenaya. Der Geist von Tom verfolgt sie immer noch. Nur die Zeit kann ihn exorzieren.

Wir nicken beide, und Tenaya tätschelt meinen Arm und geht.

»Du gehst nirgendwohin«, sagt Jonah mir.

»Ist gut«, sage ich. Ich wollte sowieso irgendwas machen.

»Wie viel Uhr ist es?«

Ich ziehe mein Telefon raus.

»Fünf.«

»Gut«, sagt er. »Wir werden jetzt erstmal einen Kaffee trinken. Dann habe ich eine Überraschung für dich. Nach der Überraschung besorgen wir uns Bier und überlassen uns der Nacht.«

»›Überlassen uns der Nacht‹ soll was heißen?«

»Das heißt, dass die Überraschung für uns die Planung übernimmt.«

»Die Überraschung ist keine Nutte, oder?«

»Am Arsch! Ich zahl dir doch keine Nutte.«

Wir gehen los Richtung Plymouths trostlosen grauen Magen.

12

»Mephedron?«

»Oh ja ...«

Jonah grinst.

Mephedron. Die Überraschung war Mephedron. Mephedron ist eine legale Droge, die man im Internet kaufen kann. Sie wird als »Pflanzendünger« verkauft. Sie verleiht dir die Güte des Dalai Lama und das Charisma von Hitler, und alles, was sie im Gegenzug haben will, ist, dass du danach ein bisschen Zeit in einem launischen schwarzen Loch verbringst.

»Ich weiß nicht«, sage ich. »Wirklich?«

Ich bin zurzeit emotional nicht so gefestigt, dass ich mit starken Stimmungsfluktuationen umgehen kann.

»Komm schon, Homo.« Jonah zeigt mit dem Kopf Richtung Toilettentür.

Wir sind in so einem Resopal-Café, das typischerweise von Bauarbeitern und Sozialhilfeempfängern besucht wird. Alle Kellnerinnen sind aus Polen oder sonst woher. Keine von denen hebt auch nur ihre Augen, als wir beide durch die Toilettentür gehen.

In der Kabine ist kaum Platz. Es gibt Pisslachen auf dem Boden, in denen die Pappen von Klopapierrollen liegen, zusammengekrümmt wie kleine abgetriebene Föten.

Jonah enthüllt das Pulver, das er in einen Flyer für eine »Delirious Dubstep Party« eingewickelt hat. Mit seinem Bibliotheksausweis legt er auf der Klobrille vier Lines, und wir ziehen sie.
Wir fläzen uns auf den Boden. Mit dem Rücken an die Kacheln gelehnt, starren wir die anderen Kacheln minutenlang an. Brennende Nasenlöcher, die Kehle ein Wasserfall aus Kot, dann fühle ich, wie es anwächst in meinem Kopf.
Mein Kopf köchelt.
»Bist du okay?«, frage ich.
»Ja. Mehr?«
»Word!«
»Word?«
»Was? Das hab ich aus einem Rapsong!«
Jonah lächelt und schüttelt den Kopf. Er schabt noch zwei Lines aus der Verpackung, leckt dann an der Seite seines Bibliotheksausweises. Wir nehmen sie und lehnen uns zurück. Ich fühle mich riesig.
»Danke«, sage ich.
»Schon okay.«
»Danke, echt. Ist nicht schwul gemeint oder so, aber ich liebe dich, Mann. Du hast tolle Waden.«
»Ich weiß, wir sagen uns das nicht oft genug. Ich liebe dich auch, Mann. Wir sind so jung. Alles ist gut.«
Seine Hand liegt auf meinem Arm.
Ich lege meine Hand auf seine Schulter.
»Ja. JA. Die Leute lieben sich nicht genug. Die Leute lieben Krieg und Geld. Ich liebe Krieg und Geld nicht. Ich liebe dich.«

»Ja, scheiß auf Krieg und Geld.«
»Krieg und Geld können mich mal.«
»Ich liebe dich und Tenaya und Ping und Ana.«
»Ping und Ana! Sie sind so glücklich zusammen. Sie sind wunderbar. Sie sind kleine Sterne.«
»Sie heiraten bestimmt, und wir sind alle dabei.«
»Und erzählen ihnen, wie verdammt süß sie sind.«
»Alle glücklich.«
»Scheiß auf Krieg und Geld!«
»Heiraten, das müssen wir machen.«
»Wir sollten alle heiraten.«
»Konfetti!«
Unsere Beine biegen sich wie Grashalme in einem Wirbelsturm.
Wir schieben uns zurück durch die Türen, raus ins Café. Wir strahlen die fremden Kellnerinnen an und bewegen uns in Richtung Tür. Jonah drückt sie auf.
»Entschuldigen, entschuldigen!«, sagt die Kellnerin. »Ihr nicht zahlen!«
Sie ist schön. Wie ein Pornostar oder ein *Vogue*-Model oder so was. Sie hat riesige Wangenknochen und riesige Augen, und ich bin froh, dass es sie gibt.
»Es tut uns SO leid«, sagt Jonah. »Bitte, bitte verzeihen Sie uns.«
Er zieht einen Zwanzig-Pfund-Schein aus seiner Tasche und drückt ihn ihr in die Hand. Ich ziehe einen Zehner raus und mache dasselbe. Dreißig Pfund für zwei Kaffee.
»Sehr großzügig«, sagt sie und erwidert unser schmalziges Lächeln.
»Sie sind so schön«, sage ich.

Jonah und ich beugen uns beide zu ihr herunter und zwingen ihren kleinen Körper zu einer stürmischen Dreierumarmung.
»Bitte seien Sie glücklich«, sage ich. »Sie haben es verdient, glücklich zu sein.«
Die Luft ist herrlich draußen. Sie riecht nach Potpourri. Wir trinken sie wie Männer, die ersaufen. Sie füllt uns mit Sonne.
»Lass uns in einen Club und dort Liebe verbreiten.«
»Genau«, sage ich. »Die Leute müssen wissen, dass wir sie lieben.«
»Ja, wir müssen das rausschreien und sie umarmen.«
Es ist 20:00 Uhr. Wahrscheinlich hat noch kein Club offen. Wir laufen trotzdem. Folgen einfach den Straßen. Jonah zündet sich eine Zigarette an. »Verdammt schön«, sagt er.
Er gibt mir auch eine.
»Mmh!«, sage ich.
Wir kommen an einem Tesco Express vorbei, an einem Schuhladen ohne Markennamen, einem Seifenladen, einem Starbucks und einem Debenhams. Sie sind alle wunderschön. Eine Gasse öffnet sich links von uns. Ihre Mauern sind bespritzt mit grellen Flecken Neonfarbe.
»Da runter«, sagt Jonah.
Wir hüpfen durch die Gasse. Ein Zeichen kommt näher, an einem roten Backsteingebäude am Ende angebracht.
FUNKYTOWN: THE HOME OF DISCO
»Krass!«, sagt Jonah. »Ich liebe Disco, wie krass.«
»Krass, Disco, ja.«

Als wir das geklärt haben, gehen wir rein. Es gibt keine Türsteher, weil so eine Seventies-Disco nicht unbedingt ein Ort ist, wo Minderjährige hingehen. Es ist ein Ort, an den Frauen mittleren und leicht über mittleren Alters hingehen.
Funkytown ist wunderschön. Die Musik ist so wohltuend wie eine Schulhymne und schallt herunter von der Discokugel. Die Discokugel ist wunderschön. So muss eins von Gottes Augen aussehen. Die Tapete ist eine rollende Collage heller Farbe und der Boden ein hölzerner Spiegel. Die Leute tanzen paarweise und lächeln. Sie freuen sich. Ich freue mich für sie. Leute stehen in Gruppen an der Bar oder zu zweit über den Raum verteilt. Sie nippen an ihren Drinks und sind Menschen. Ich will ihnen zurufen: »Herzlichen Glückwunsch!«
»Herzlichen Glückwunsch!«, sage ich. Jonah umarmt mich.
»Lass uns Drinks holen«, sagt er. »Lass uns Drinks für uns holen und auch für diese SEHR HÜBSCHEN FRAUEN.« Er sagt es sehr laut, so dass sie es hören. Sie sollen es auch hören, denn sie sind wunderschön. Man muss es ihnen sagen. Wir werden es ihnen sagen. Ihnen sagen und ihnen Drinks kaufen und sichergehen, dass sie so fröhlich sind wie Mönche in einer Stripbar. Jeder hier ist ein Mensch!
Es sind zwei Frauen. Beide vielleicht Ende dreißig. Sie sind wunderschöne Bruchstücke der Sonne. Eine hat blondes glattes Haar, so glatt wie mein Schwanz, während ich sie anstarre. Sie trägt ein enges, gepunktetes Kleid und einen glänzenden roten Gürtel, um ihre Taille

zu betonen. Sie schaut bestimmt immer Gok Wan. Um ihre Augen sind Linien wie Bilderrahmen. Sie ist wunderbar. Die andere hat kurzes, kastanienbraunes Haar und trägt ein weißes Sommerkleid. Sie ist wunderbar.
»Was wollt ihr denn trinken, Ladys?«, fragt Jonah. Sie sagen ihm, was sie trinken wollen, und er bestellt ihnen die Drinks. Ich bin total damit beschäftigt, mich blendend und voller Liebe zu fühlen, so dass ich es gar nicht wirklich mitbekomme. Er drückt mir ein Bier in die Hand und zerzaust mein Haar. »Wie läuft euer Abend denn so, Mädels?«
Die Blonde grinst. »Herrlich, danke, und eurer, Jungs?«
»Oh, er war okay. Ist aber gerade noch um einiges besser geworden«, sagt Jonah.
Die Brünette lacht. »Willst du tanzen, Süßer?«, fragt sie und reicht ihm die Hand. Er nimmt sie, und sie flanieren auf die Tanzfläche. Ich freue mich wahnsinnig für sie.
Jetzt sind wir zu zweit, die Blonde und ich. Sie ist wunderschön. Im Film würde sie Kleopatra spielen, Helena von Troja, Keira Knightley oder Reese Whitherspoon. Sie riecht wie Blumen und Wolken zusammen.
»Kein Tänzer, oder?«, fragt sie.
»Oh, ich. Was? Nein, wir können tanzen, wenn du magst. Wir können machen, worauf du Lust hast. Was würde dich glücklich machen? Lass uns machen, was dich glücklich macht.«
»Oooooh«, sie macht ein Geräusch, als würde sie Babyfotos anschauen. »Du bist so süß.«
»Danke«, sage ich. »Die Leute sind nicht nett genug. Es

geht immer nur ums Geld und, äh, und Yachten und Schlösser und so. Mir ist das alles egal. Bist du glücklich?«

»Ja.« Sie nickt mit dem Kopf.

»Willst du tanzen?«

»Ich bin auch so zufrieden. Wir können aber tanzen, wenn du magst.«

»Dann nicht«, sage ich. »Trink aus, ich hol uns noch was.« Ich bestelle noch mehr Getränke beim Barmann. Er trägt ein Cowboyhemd und sieht irgendwie mexikanisch aus. Ich freue mich, ihn kennenzulernen. Ich gebe ihm fünf Pfund Trinkgeld. Als ich es ihm gebe, sage ich: »Teile deinen Reichtum«, und er lacht.

»Also«, sagt die Blonde, »was machst du so?«

So angetrieben wie ich vom »Pflanzendünger« bin, wird mir klar, dass mich Ehrlichkeit in dieser Situation nur in eine Sackgasse führt, in der ich auf keinen Fall Sex haben kann.

»Ich bin Polizeibeamter«, sage ich. »Und Jonah ist Pornofürst.« Das findet er sicher gut. »Wir sind beide zweiundzwanzig, aber ich bin der reifere, bei weitem.«

Die Blonde lacht. Sie hat Zähne wie Kaugummis, in ihrer Verpackung zusammengepresst. Ihre Lippen haben die Farbe von Wassermelonenfleisch.

»Und was machst du?«, frage ich.

»Ich bin Empfangsdame in einem Versicherungsunternehmen, und Susie da drüben ist Kellnerin, und versuch ja nicht, mein Alter herauszukriegen.« Sie zwinkert.

Es ist, als wären wir Figuren in einem unbeschwerten Film. Ich rede mit einer schönen Frau in einer Bar, und sie wird sich in mich verlieben, und unsere Liebe wird aufblühen wie eine Sonnenblume in einem unendlichen Sommer. Ich danke dir, Jesus.

Als seine Beine müde werden, kommt Jonah rüber und stupst mich an, damit ich ihn auf die Toilette begleite.

»Warum geht ihr zusammen aufs Klo?«, fragt die Brünette.

»Ich brauche Rückendeckung«, sagt Jonah zu ihr. »Nie alleine kacken!«

Wir gehen natürlich auf die Toilette, um unsere Nasen/Kehlen/Köpfe mit mehr Mephedron zu füllen. Es ist noch genügend da. Noch ist die Gefahr fern, den Hügel herunterzustürzen.

»Wir werden diese Fotzen definitiv poppen«, sagt Jonah. »Fuck, sind die schön. Das ist perfekt.«

»Richtig schön«, sage ich.

Wir verlassen das Klo.

An der Bar haben unsere Flirts die Chinesische Mauer mit Gläschen voll schwarzem Sambuca nachgebaut. Schwarzer Sambuca ist wunderbar.

Jonah legt seine Arme von hinten um die Brünette und küsst sie auf die Wange. Sie grinst. Ich grinse die Blonde an.

»Fertig?«, fragt sie.

»Vier für jeden«, sagt die Brünette. »Der Letzte muss mit dem Barmann rummachen.«

Alle lachen. Ich bin glücklich. Wir sind alle hier und kommunizieren. Das haben wir gut gemacht.

Jonah ist als Erster fertig. Die Blonde als Letztes. Wir alle haben schwarze Flecken um die Lippen rum und an den Hälsen und Oberkörpern. Alle lächeln. Ich lächle.

Die Blonde leckt einen Sambuca-Fleck von meinem Hals. Ihre Zunge fühlt sich an wie Abby Halls Gesicht.
»Hey!«, ruft die Brünette. »Auf den Barmann, du Verliererin.«
Die Blonde lacht. Jonah pfeift, und zwar mit den Fingern in den Mundwinkeln. Er kann das gut. Ich bin glücklich. Der Barmann kommt rüber wegen Jonahs Pfiff. Die Blonde schnappt sich seinen Cowboyhut mit ihrer dünnen Hand, zieht ihn an sich und drückt ihr Gesicht auf seines. Alle lachen. Die Jackson Five spielen dazu. Ich höre Leute singen. Jonah singt. Wir gehen alle tanzen.

+

Funkytown macht zu.
Ich bin mit der Blonden schon beim Fummeln angekommen und habe guten Grund, zu glauben, dass Jonah mit der Brünetten noch weiter ist. Der gute Grund dafür ist, dass er mir seine Finger unter die Nase hält und sagt: »Riech mal diese Babys, Mann.« Dann umarmen wir uns. Ich bin glücklich.
Wir gehen alle raus, wo es kalt ist, und auch der Wind ist voll dabei. Ein Mädchen in Pailletten-Hotpants übergibt sich gerade in einen Abfalleimer, und ein Junge mit stark gegelten Haaren hält ihr die Extensions aus dem Gesicht. Jonah lacht. Ich gebe der Blonden meinen Mantel, und sie küsst mich und sagt: »So süß!«
»Okay, dann zu uns?«, fragt die Brünette. Wir stimmen alle zu und gehen los.
Ihr Haus stellt sich als ein Stückchen Doppelhaushälfte

in der Vorstadt heraus. Lässt das Mephedron nach? Ich frage das Jonah. Er nickt. Als wir reinkommen, wollen wir direkt aufs Klo, aber die Brünette sagt: »Was auch immer es ist, ihr könnt es einfach auf der Küchenanrichte machen.« Und die Blonde fügt hinzu: »Gebt uns nur auch was ab.«
Wir geben ihnen was. Jonah schabt acht Lines zusammen und wir ziehen sie alle. Eines der Mädchen macht Musik an. Ich erkenne nicht, was.
»Das ist Etta James«, sagt die Brünette. Wir umarmen uns alle.
»Das ist wunderbar«, sage ich.
»So wunderbar«, sagt Jonah. »Ihr zwei seid unglaublich.«
»Nein, *ihr* zwei seid unglaublich«, sagt die Brünette.
Wir umarmen uns alle.
Die Blonde zieht mich aufs Sofa, das nach billigem Wein riecht. Hinter ihr steht ein Klavier. Ein Hund trottet ins Zimmer wie ein Kind, das bei einem Theaterstück auf die Bühne geht.
»Das ist Peter«, sagt die Blonde.
»Hi, Peter.«
»Hi, Peter.«
Jonah und die Brünette verschwinden. Die Blonde küsst mich auf dem Sofa. Sie lehnt sich zurück und zerrt an meinem Kragen, bis ich flach auf ihr liege. Ich habe noch nie auf so erfahrenen Brüsten gelegen. Sie führt meine Hand an ihrem Oberschenkel hinauf. Ich führe sie über den Rand ihrer Spitzenunterwäsche. Ihre Vagina fühlt sich an wie ein Topfreiniger.
»Lass uns nach oben gehen«, sagt sie.

Sie nimmt mich an ihre Hand und zieht mich die Treppen hoch. Ich starre ihren wunderschönen Arsch die ganze Zeit an und denke darüber nach, wie glücklich ich bin.

Ich werde mit ihr Sex haben. Als Übung. Ich will so gut wie möglich sein für Georgia in Devon. Ich muss an meinem Stehvermögen arbeiten.

Ihr Schlafzimmer ist ... Ich bemerke es gar nicht. Wir kippen unter die Decke. Mein T-Shirt ist schnell abgeschüttelt, und meine Hose, und meine Socken. Wir vereinen unsere Kräfte, als es darangeht, ihr Kleid loszuwerden, aber da wir beide nicht willens sind, unsere Lippen zu trennen, erweist sich das als schwierig. Schwierig, aber nicht unmöglich. Ich halte mich für einen Experten beim Ausziehen von BHs, dieser Teil ist also kein Problem. Dann sind wir beide fast nackt. Ich liege zwischen ihren Beinen wie ein Punkt in Pacmans Mund. Wir küssen uns. Ihre linke Hand gibt dem Nachttisch blind kleine Klapse, auf der Suche nach einem Kondom. Ein Kondom lässt sich finden. Sie kleidet mich darin. Ich dringe ein. Seufzen. Stöhnen. Ich bin ein Jojo. Drehe sie herum. Schlage ihr auf den Arsch und wiege mich vor und zurück. Seufzen. Stöhnen. Schlafen.

13

Die Abfahrt runter vom Mephedron ist Skifahren, wie ich es am schlimmsten finde. Du fängst an, alle um dich herum zu hassen. Wie ein Pädophiler in einem Altersheim. Du willst allein sein. Dann merkst du, dass du eigentlich nicht allein sein willst, du willst nur nicht mehr existieren. Du willst dich selbst so lange zusammenfalten, bis nichts mehr von dir übrig ist. Genau so fühle ich mich jetzt.
Ich kann nirgendwo die Uhrzeit sehen. Es ist immer noch dunkel. Ich weiß nicht, wo mein Telefon ist. Ich fühle mich unwohl, wenn ich nicht weiß, wie viel Uhr es ist. Mein Hals ist ein Highway in Arizona. Ich liege neben einer Frau und starre auf die Rückseite ihrer billig gefärbten Haare, während die Reue in mir hochschießt. Ich hasse diese Frau wirklich, und dieses Haus. Ich hasse auch Jonah, aber ich muss ihn finden.
Fuck, wahrscheinlich hat sie Kinder.

Ich bin völlig nackt. Ich kann meine Boxershorts nicht finden, nur meine Jeans. Der Stoff ist eine Käsereibe für meine Hoden. Fuck, Gott, mein Kopf. Okay, Jasper J. Wolf, reiß dich zusammen. Das ist jetzt nicht der richtige Zeitpunkt für einen existenziellen 11. September. Du

musst weitermachen. Klamotten finden. Jonah finden. Verschwinden.
Der Teppich belästigt meine Zehen. Ich gehe raus aus dem Schlafzimmer und über den Flur ins Bad. Jonah ist drin, steht in der Wanne und lässt Wasser über seinen Kopf laufen. Sein Jungfrau-Maria-Tattoo blickt mich an wie eine Behinderte. Jonah murmelt ein Gebet.
»Kannst du mit der Scheiße aufhören, damit wir hier wegkönnen?«, frage ich.
Er dreht sich um. »Verpiss dich, was weißt du schon von Gott? Du kommst eh in die Hölle.«
Ich fühle immer noch den Überrest des Mephedron wie ein Meer aus Tusche in meinem Kopf. Ich hasse Jonah. Ich will verschwinden. Warum müssen wir überhaupt laufen, sprechen oder uns bewegen?
»Bitte lass uns verdammt nochmal hier weg«, sage ich.
Er schaltet die Dusche aus und steigt raus. »Mein Kopf killt mich, verdammt.«
Ich lasse es mir nicht nehmen, Peter auf dem Weg hier raus in die Rippen zu treten.

Als wir zurück ins Hostel kommen, sind alle besser drauf als wir. Oder zumindest ist ihnen weniger schlecht. Ping und Ana liegen eng umschlungen, flüsternd da, und Tenaya liest in ihrem Bett.
»Wo wart ihr denn, ihr Spasten?«, fragt Ping.
Jonah fällt auf sein Bett.
»Jasper und ich haben einen Pakt geschlossen, dass wir niemals über irgendetwas reden werden, was letzte Nacht passiert ist. Als meinen Freunden vertraue ich

euch, insofern, dass ihr den Pakt respektieren und nicht versuchen werdet, Informationen aus uns rauszuholen.«

Tenaya lacht. »Hässliche Mädchen?«

»Schlimmer«, sage ich.

»Halts Maul!« Jonah wickelt sich ein Kissen um den Kopf und ächzt.

Im Bus auf dem Heimweg schlafe ich auf Tenayas Schulter ein, während der Regen die Fenster küsst und Mrs Norton laut aus der Bibel vorliest.

TEIL 2

EXHUMIERUNG UND FEUER

14

Mum und Keith bauen gerade ein IKEA-Bücherregal im Wohnzimmer auf. Im Moment sieht es aus wie ein Boot. Keith flucht. Mum seufzt. Im Fall einer Apokalypse wären beide aufgeschmissen, weil sie keinerlei praktische Fähigkeiten haben, die man braucht, um in einer dystopischen Zukunft zu überleben. Irgendein Mann, der Löwen mit bloßen Händen töten kann, wird sie wahrscheinlich beide erschießen und häuten. Er wird aus ihren Häuten Regenmäntel machen.

Ich sitze in der Küche mit einem Deutschbuch, ohne zu lernen. Es macht mehr Spaß, den beiden zuzuschauen. Eine Wohnküche bietet immer ganz großes Kino.

»Keith, wo ist 1A?«, fragt Mum.

»Es gibt kein 1A, mein Schatz.«

»Aber schau doch.«

Sie hält die Montage-Anleitung vor Keiths Gesicht. Meine Mum mag Montage-Anleitungen nicht. Sie nennt sie Demontage-Anleitungen. Das soll ein Witz sein. Leute erzählen Witze meistens, wenn sie nicht wissen, was sie sonst tun sollen. In Krankenhäusern werden dauernd Witze erzählt. Normalerweise sind diese Witze nicht gut.

»Das ist falsch«, sagt Keith. »Die Anleitung ist falsch.«

Mum ist aufgebracht. »Ich rufe bei IKEA an«, sagt sie. »Ich werde mich beschweren.«
Keith grinst. »Da wird dir sicher geholfen. Der Service bei IKEA ist nämlich 1A!«
Beide lachen. Keith kriegt nicht mal gute Wortspiele auf die Reihe. Ich habe keinen Schimmer, was Mum an ihm findet. Vielleicht hat er einen Penis, der so groß ist wie ein Kleinkind.
»Entschuldigung«, sage ich. »Hallo. Ich bin Jasper. Ich bin euer einziger Sohn, und ich versuche zu lernen.«
»Ooooh«, sagt Mum.
»Wir kriegen Ärger, Schatz.«
Sie küssen sich. Es ist eklig. Ich gehe nach oben.
Mein Telefon liegt oben auf meinem Bett. Es vibriert. Es dreht sich auf dem Kissen um sich selbst. Tenaya ist dran.
»Jasper?«, fragt sie.
»Meine Eltern versuchen sich im Möbelbau«, sage ich. »Keith hat ein Wortspiel gemacht, und sie haben sich geküsst. Es ist eklig.«
»Ich denke an Tom.«
»Immer noch?«
»Er war mir total wichtig, Jasper. Egal, was du über ihn gedacht hast.«
Ich atme hart ins Telefon. »Er war ein Scheißboyfriend. Und er ist ein lästiger Mensch.«
»Jasper, du hilfst mir nicht gerade.«
»Was brauchst du denn für Hilfe?«
»Ich weiß nicht, was ich tun soll.«
»Ich hab so ein halbes Gramm. Ich bring es dir vorbei, wenn du willst.«

»Argh.«

Tenaya legt auf.

Ich weiß nicht, was ich falsch gemacht habe. Ich hab mein Bestes getan. Ich versuch es doch. *Du musst versuchen, andere Leute zu verstehen, Jasper. Stell dir vor, du wärst sie.*

Tom war mein Freund, jetzt aber nicht mehr. Ich habe Tom sehr geliebt. Tom hat mich betrogen. Tom hat mich verlassen. Tom hat so hübsche Wangenknochen. Tom wird wahrscheinlich mal ein reicher Kunsthändler. Ich weiß nicht, was ich jetzt tun soll. Tom. Ich weiß nicht, was ich jetzt tun soll. Ich habe ihn geliebt.

Julia: Empathie

Tenaya: Schnitte an ihren Armen

Radio: Der mentale Zustand eines Heranwachsenden, der sich selbst verletzt, kann sich verschlechtern, wenn er nicht die Hilfe bekommt, die er so deutlich verlangt, indem er sich selbst verletzt

Oh.

OH.

Ich renne nach unten und schleudere meinen Körper durch die Haustür. Ich rufe Mum eine Verabschiedung zu. Ich rase die Straßen runter. Ich bin eine Werbung für Nike-Schuhe.

Unsere Straße runter, dann links bei Hungry Horse vorbei, an der Schule, vorbei an einer Frau mit Madonna-Piercing und einem leeren Kinderwagen, an zwei Männern, die billiges Lager auf einer kleinen Mauer trinken, vorbei an der Baptistenkirche und Happy Shopper und an Ben McKays Haus.

Tenayas Haus.
Ich schwinge mich über den Zaun am Ende des Gartens. Ihre Eltern halten Hühner, für den Fall, dass irgendwann die Apokalypse eintritt. Tenaya steht mit ihrem Rücken zu mir auf der anderen Seite der Tür zur Küche. Wahrscheinlich holt sie eine Handvoll Paracetamol aus der Packung. Ich muss sie aufhalten.
Was ich rund um die Tür sehen kann:

Spaten
Topfpflanze
Bank
Plastikeimer

Der Plastikeimer ist die einzige Option. Leichter als eine Hantel, schwerer als eine Feder. Ich hebe ihn hoch und reiße die Tür auf. Ich schlage den Eimer so hart wie möglich gegen ihren Kopf. Sie schreit. Sie schnellt herum, um mich anzusehen. Es hat nicht geklappt. Vielleicht nochmal?
»JASPERBISTDUBESCHEUERT?«
»Ähm.«
»Was verdammt nochmal machst du?«
Ich greife ihre Handgelenke und drücke sie. Ihre Hände öffnen sich wie Blumen. Kein Paracetamol.
»Du hast gesagt, du würdest dich umbringen«, sage ich.
Tenaya wird rot. »Hab ich nicht.«
»Du hast drüber nachgedacht.«
»Hab ich nicht.«
»Ich weiß es. Ich habe gelernt, mich einzufühlen.«

»Halt die Klappe, Jasper.«
Sie setzt sich auf einen der Küchenstühle. Ich bleibe stehen.
»Ich weiß nicht«, sagt sie.
»Ich hatte Angst«, sage ich. »Jonah ist zum Kotzen, und Ping hat Ana.«
»Manchmal«, sagt sie, »weiß ich es einfach nicht.«
»Ich auch nicht. Aber ich hab dir gesagt, du sollst mir texten, wenn was ist. Ich kaufe dir den Zwei-Pfund-fünfzig-Wein von Imran, und wir können *Labyrinth* in deinem Bett schauen, und du darfst meine Augenbrauen zupfen.«
»Ich habe doch angerufen.«
»Du hast es nicht klar genug ausgedrückt.«
»Okay.«
»Ich setze mal Wasser auf«, sage ich. So was sagt man, wenn man jemandem zeigen will, dass alles okay ist, aber nicht weiß, wie man es sagen soll.
In Tenayas Küche gibt es einen Fleck an der Wand, in Form eines Kaninchenkopfes. Er ist entstanden, als Tenayas Mum eine Kaffeetasse nach Tenayas Dad geworfen hat. Es hat ihn nie jemand abgewaschen. Anscheinend haben sie aufgehört, das Haus zu renovieren.
»Du hast gesagt, dass du Wasser aufsetzt«, sagt Tenaya.
»Ich hab das nur gesagt, um –« Sie hat es nicht verstanden. »Okay.«

Wir nehmen den Tee mit nach oben in ihr Schlafzimmer und schauen alte Folgen von *Sex and the City* in Tenayas Bett. Big hat Carrie nicht verdient.

»Gehen wir morgen ins Twelve Cats?«, frage ich.
»Wahrscheinlich.«
»Sie sind schon besser geworden.«
»Gehst du danach noch mit mir in den Supermarkt?«
»Warum?«
»Ich brauche Essen. Mum kauft nichts ein. Sie betrinkt sich nur noch und bestellt uns dann was zu essen.«
»Okay.«
»Danke.«
»Ping hat gesagt, wir können uns vorher bei ihm treffen.«
»Mh.«
Tenaya nickt, dann schläft sie ein. Ich nehme irgendein Buch von ihrem Bücherbord und setze mich auf den Fenstersims, lese. Das Buch heißt *Frauen nach oben*. Es geht um verschiedenste Arten, wie Leute Sex im Kopf haben.

15

19:38 Uhr. Pings Band spielt heute Abend im Twelve Cats. Ich habe vor, mein T-Shirt mit dem Wolf zu tragen. Bei Konzerten kann man seinen Körper rumwerfen und an Mädchen reiben, und sie können einen dafür nicht beschimpfen, weil alle einfach nur ihren Spaß haben.

Pings Band heißt Deep Emotional Skaing. Er glaubt, Wortspiele seien witzig. Wortspiele sind was für alte Leute und schlechte Gedichte. Letztes Jahr haben sie einen lokalen Bandwettbewerb gewonnen, einige ihrer Songs wurden auf iTunes verkauft und auf CD gepresst. Die CD hieß *Fuck The Free World, Mary Jane.* Völlig nichtssagend.

Als ich mich angezogen habe, gehe ich runter und stecke meinen Kopf in den Kühlschrank. Kaltes, gelbes Licht leckt an meinem Gesicht. Eine ungeöffnete Packung Milch mit blauem Deckel steht darin. Ich schraube den Deckel auf und ziehe das weiße Ding ab. Ich beuge mich nach hinten und gluckere Milch.

Mum taucht hinter mir auf.

»Jasper«, sagt sie, »hör auf damit. Andere Leute wollen auch noch was von der Milch.«

»Aber Mum, es bringt Glück, direkt aus einer frisch geöffneten Packung zu trinken.«

»Das ist mir egal, Jasper, nimm ein Glas.«
Ich stelle die Milchpackung zurück in den Kühlschrank.
»Mum«, sage ich, »ich schaue mir heute Abend Pings Band an. Kann ich etwas Geld haben?«
Mum runzelt die Stirn. »Wie viel?«
»Zehn Eier.«
»Sag nicht Eier, Jasper.«
»Wieso?«
»So redet man nur in der Mafia.«
»Na gut. Kann ich zehn Pfund haben, bitte?«
Mum seufzt und gibt mir einen Schein aus ihrer Geldtasche. Ich knurre ihr zu, damit sie weiß, wie dankbar ich bin. Ich gehe raus zum Bus.

+

Pings Mum öffnet die Tür. Sie trägt einen Morgenmantel. Ihr Haar ist nass. Mein Penis schreit in meiner Hose. Er ist sauer auf mich, weil ich ihm nicht erlaube, in die Vagina von Pings Mum zu rutschen. Sie hat sicher eine schöne Vagina. Eine perfekt rasierte Schlucht.
»Hi, Jasper«, sagt sie. »Sie sind oben. Geh einfach hoch.«
»Danke, Mrs Lin.«
Ich hüpfe an ihr vorbei die Treppen hoch. Ping, Ana und Tenaya sitzen auf dem Bett, lachend. Ping und Ana halten Händchen. Ich frage mich, wer sich zuerst geschlagen geben wird: Pings Schwanz oder Anas Jungfräulichkeit. Mädchen denken, ihre Jungfräulichkeit sei ein Figürchen aus Glas und unbezahlbar. Was sie wirklich ist, sind drei Minuten Peinlichkeit, gefolgt von wachsen-

der Enttäuschung, gefolgt von der Frage: »Woran denkst du?«
»Was macht ihr?«, frage ich.
»Ich hab ein neues Telefon«, sagt Ping.
Er hält es hoch. Es sieht aus wie ein gefaktes BlackBerry. Bis jetzt nicht gerade witzig.
»Ich verstehe den Witz nicht.«
»Jonah hat mir das von der Psychologie-Exkursion erzählt.«
Ich schlucke. »Ähm. Was?«
»Du weißt schon.«
»Arschloch.«
Ana lacht. Frigides Miststück. Ich schaue Tenaya an. Sie starrt auf das Muster der Bettdecke.
»Und nun wird er dahinterkommen, dass Nachwuchs auf dem Weg ist.«
Ich lache. »Ja, ja.«
»Und wer spricht mit ihm?«, fragt Tenaya.
»Ich machs«, sagt Ana.
»Du kannst es nicht machen.«
»Warum nicht?«
»Der blöde Akzent«, sage ich.
»Lass sie.« Ping verschränkt seine Arme.
»Sei doch nicht so ein Homo.«
»Nein«, sagt Tenaya. »Aber er kennt deine Stimme schon.«
»Meine Schwester ist aus der Uni zurück«, sagt Ping. »Ich belabere sie, dass sie es macht.«
»Macht sie so was?«
»Ja, ich habe immer für sie in der Schule angerufen und

mich als Dad ausgegeben, wenn sie nicht hingehen wollte.«
Ping geht raus und kommt ein paar Minuten später mit seiner Schwester zurück. Sie ist breit und derb, mit flacher Brust und zusammengewachsenen Augenbrauen. Sie trägt ein Oxford-Brookes-T-Shirt. Kaum zu glauben, dass sie aus Pings Mum herausgekommen sein soll. Ich schätze, der Grund, warum sie nicht so oft zur Schule gehen wollte, ist, dass die Leute sie Frida Kahlo genannt oder immer mit Stiften gepikst haben.
Wir sagen uns Hallo, und Ping weist sie in das ein, was sie sagen soll. Sie nickt. Sie antwortet nicht besonders viel, aber als Jonah das Telefon abnimmt, wird sie zur oscarreifen Schauspielerin.
Was wir hören:

»Jonah?«
»Susan hier, aus Plymouth.«
»Ich bin schwanger.«
(Wir stopfen uns unsere Hände in den Mund.)
»Ja, ich bin sicher.«
»Na, weil ich einen Schwangerschaftstest gemacht habe.«
»Nein, die haben so ziemlich immer recht.«
»Ich weiß nicht, neunundneunzig Komma sieben Prozent oder so.«
»Ja, aber das ist nicht besonders wahrscheinlich, oder?«
»Werd erwachsen, du wirst bald Vater.«
(Ana erstickt an ihrem Lachen.)
»Ja, ich behalte es.«

»Ja, du wirst mir Unterhalt zahlen müssen, bis es achtzehn ist.«

Ping reißt seiner Schwester das Telefon aus der Hand. »Alles Gute zum Vatertag!«, ruft er und legt sofort auf, um Jonahs Salve aus Scheiße, Fotzen und Spasten abzublocken. Wir schmeißen uns alle übereinander, lachend.

+

0:15 Uhr. Tenaya, Jonah, Ana und ich werden in einer Menge schwitzender Kids hin und her geworfen. Deep Emotional Skaing spielen auf einer niedrigen Bühne. Jonah hat Pillen gekauft. Auf dem Klo hat er mir eine gegeben. Er meinte, er wüsste nicht, was das genau wäre. Ich fühle mich anders. Ich fühle mich okay. Ich fühle mich warm. Es hört sich so an, als würde die Band einen einzigen langen Ton spielen, ohne aufzuhören. Der Ton ist riesig groß geworden und hat den Raum verschluckt. Wir alle sind in diesem Ton. Er ist unser Schloss. Ein Mann mit nacktem Oberkörper drückt seinen Rücken in mein Gesicht. Meine Lippen schmecken Salz. Wer soll ich sein? Tenaya hüpft auf und ab. Ihr Haar fliegt um ihr Gesicht herum. Ping macht Grimassen. Seine Hände krallen sich an den Bass. Ryan Samuels ist der Sänger. Ryan Samuels schreit, und sein Gesicht hat die Farbe einer Gideonbibel und könnte explodieren und uns alle mit blutigen Stückchen seiner Wangen bedecken. Er schmeißt sich von der Bühne. Wir heben unsere Hände. Ich halte seinen Schritt. Ich drücke ein bisschen. Ich bin nicht schwul. Wir reichen ihn wieder zurück. Er springt runter und klaut jemandem das Bier und läuft zurück auf die Bühne. Ryan Samuels leert das Bier über der Menge aus. Die Leute schreien. Die Leute wollen mehr Bier. Sie fangen ein neues Lied an. Ping ist auf seinen Knien. Ping denkt, dass er ziemlich gut ist. Er spielt nur einen Ton. Ich bin in diesem Ton. Dieser Ton ist unser neues Zuhause, für jetzt, für immer.

+

Als die Band fertig gespielt hat, gehen wir raus zum Rauchen. Tenaya und ich sitzen an einem leicht feuchten Campingtisch. Die Pille lässt nach. Ich vibriere nur noch leicht. Leute stehen in Gruppen und sprechen laut über die Musik. Ping ist immer noch Backstage und packt sein Zeug weg. Ana kommt aus dem Pub gelaufen, mit einer Rum-Cola, und gesellt sich zu uns an den Tisch.
»War das nicht unglaublich?«, fragt sie.
»Großartig«, sage ich.
Tenaya lächelt. »Also«, sagt sie, »du und Ping.«
»Er ist toll«, sagt Ana.
»Er ist Ping«, sage ich. Liebe ist eine Sekte.
Tenaya wirft mir einen Blick zu, der mir sagen soll, dass ich ein Arschloch bin.
»Aber gehst du nächstes Jahr nicht nach Moskau zurück?«
Ana grinst. Sie ist in Charles Manson verliebt. Bald wird sie Morde begehen, weil er es von ihr will. Niemand wird verstehen, warum. Die Polizei wird sie abholen, und sie

wird nicht schreien, und ihre Augen werden die Augen des letzten Bengalischen Tigers in Bhutan sein.
»Nee«, sagt sie. »Ich bleibe. Ich jobbe in einem Café oder so. Ping und ich wollen zusammenziehen. Er wird versuchen, die Band ganz nach oben zu bringen.«
»Ganz nach oben«, sage ich. »Oh wow.«
»Jasper«, flüstert Tenaya. Sie tritt mein Bein unterm Tisch.
»Ich liebe ihn«, sagt Ana.
Mädchen können so schwul sein. Sogar für Tenaya ist es nicht leicht, das Lachen runterzuschlucken.
Ping kommt aus der Hintertür. Sein Gesicht ist gerötet, und er trägt eine Krone aus Schweiß. Ana läuft auf ihn zu und vergräbt ihr Gesicht in seinem salzwasserdurchtränkten T-Shirt. Er küsst sie oben auf ihren Kopf.
Tenaya und ich sagen ihm, dass die Band großartig war. Wir sagen, dass sie immer besser werden und ihr neuer Song klang, als könnte er zum Radiohit werden. Dabei achte ich darauf, dass ich die Worte »ganz nach oben« gebrauche.
Nach ein paar Minuten entschuldigen wir uns und nehmen den 96er zum Einkaufszentrum mit dem großen Asda-Supermarkt. Die Fahrt dauert nicht lang. Tenaya schläft auf meiner Schulter ein. Ich stupse sie an, damit sie aufwacht, als wir ankommen. Sie blinzelt, als ob sie nicht weiß, wo sie ist, dann lächelt sie.

Der große Asda hat vierundzwanzig Stunden am Tag auf, sieben Tage die Woche. 1:21 Uhr. Er ist die letzte Fackel, die noch brennt auf dem ganzen Gelände.

Große Laken aus Licht fallen aus den Fenstern und liegen auf der Asphaltnacht wie die Körper nackter Engel.
Tenaya zieht einen großen Einkaufswagen aus der Reihe, und wir gehen durch die Automatiktüren. Meine Körpertemperatur hüpft nach oben. Ein Wachmann füllt gerade ein Sudokuheft aus und schaut hoch. Er macht eine kleine Verbeugung, als wir hereinkommen. Er scheint ein warmherziger, kultivierter Mann zu sein. Ich wünschte, Mum hätte ihn geheiratet.
»Was zuerst?«, frage ich.
Tenaya zuckt mit den Achseln.
Wir laufen durch den Gang mit den Kühlregalen. Er ist menschenleer. Tenaya packt eine fette Packung Milch mit grünem Verschluss in den Wagen. Ich packe Kakaopulver dazu. Sie nimmt es raus und fragt mich, ob ich acht Jahre alt sei. Sie schlägt mir vor, stattdessen Actimel zu kaufen. Ich sage, lieber würde ich das Geld einem Heroinjunkie geben.
Im Trockenfruchtgang legt sie eine riesige Tüte mit Linsen in den Wagen. Ich schaue sie angewidert an. Sie fährt fort und packt Rosinen, Dörrpflaumen und Cashewnüsse dazu. Das ist zu viel. Ich lege mich mit dem Gesicht nach unten vor den Einkaufswagen.
»Was machst du denn da?«, rufe ich ihr zu.
»Was machst *du denn da*?«, fragt sie.
Ich stehe auf.
»Wir sind zwei Siebzehnjährige allein im Supermarkt, und du kaufst diese Scheißdörrpflaumen. Du musst riesige Tüten Chicken Nuggets kaufen oder polnisches Bier oder Zigaretten.«

»Jasper«, sagt sie, »seit meine Eltern dieses bescheuerte Haus gekauft haben, ist alles, was sie machen, sich betrinken und billiges Fast Food bestellen.
Wir essen Fast Food zum Mittag und abends, und dann die Überreste vom Fast Food zum Frühstück. Ich hab keine Lust mehr auf dieses bekackte Essen.«
Das macht Sinn. »Na gut.«
»Du kannst trotzdem gehen und ein paar Chicken Nuggets holen.«
»Okay.«
Ich spurte zur Tiefkühlsektion und nehme die größte Tüte Chicken Nuggets, die ich finden kann. Tenaya ist schon weiter und schaut sich, als ich sie wiederfinde, beim Gemüse um. Sie hat einen Eisbergsalat in den Einkaufswagen gelegt, drei Lauchstangen, vier Tomaten und eine rote Zwiebel.
»Fertig?«, frage ich.
»Ja, ich brauche nur noch Zigaretten.«
»Machst du uns Chicken Nuggets, wenn wir ankommen?«
»Ja.«
»Und können wir *Gilmore Girls* schauen?«
»Klar.«

16

Mir ist langweilig. Ich habe den ganzen Tag damit verbracht, so zu tun, als würde ich lernen. In Wirklichkeit habe ich 3-D Pinball Space Cadet am Computer gespielt. Endlich bin ich kurz davor, den Rang eines Flottenadmirals zu erlangen. Mein Durchhaltevermögen wird sich auszahlen.

18:30 Uhr. Ich hatte ein sättigendes Abendessen mit Würstchen, Kartoffelpüree und Zwiebelsoße. Ich habe Jonah angerufen und gefragt, was er macht. Er meinte, er macht nichts, und sagte, ich soll rüberkommen. Ich verlasse jetzt das Haus.

»Ich gehe zu Jonah, Mum«, sage ich. »Bye.«

Ich rufe das ins leere Wohnzimmer.

Mum erscheint aus dem Nichts.

»Pass auf dich auf«, sagt sie. »Und sei nicht zu spät zurück.«

»Ja, Mum.«

»Spätestens um zehn.«

»Zehn ist lächerlich, Mum.«

»Ja?«

»Ja, ich bin gegen elf wieder hier.«

Ich knalle die Tür hinter mir zu.

Ich habe das letzte Wort gehabt.

Der 38er fährt direkt zu Jonah. Er braucht nur sieben Minuten. Ich sitze auf einem der Sitze, die schon kahl werden, und beobachte den Himmel draußen, der abblättert wie alte Farbe. Eine Frau steht im Gang neben meinem Sitz. Ihre Hand klammert sich fest um die Stange. Die ganze Farbe ist aus ihren Fingern geflohen, in ihre bescheidene Brust und ihre traurigen Wangen. Ihre Nägel sind bis zur Hälfte abgekaut und gesprenkelt mit roten Flecken.

Ich kann die Leute irgendwie nicht verstehen.

Ich werde niemals meine eigenen Finger essen.

Ich werde mich niemals mit einer Rugbysocke erhängen.

Ich werde niemals meine Exfrau umbringen, indem ich ihr die Nase ins Gehirn reindrücke.

+

Jonah öffnet die Tür, nachdem ich sechsmal geklingelt habe. Wir gehen ins Wohnzimmer und fallen aufs Sofa. Er schaut die Disney-Zeichentrick-Version von *Robin Hood*. Die, wo Robin Hood ein Fuchs ist.

»Die Stelle ist so gut«, sagt Jonah.

Ein kleines weißes Kaninchen, das einen großen Hut trägt, hat gerade einen Pfeil über die Mauer geschossen, mitten in ein Badmintonduell zwischen einer Henne und einer Füchsin.

»Jep.«

Aus Gründen, die ich noch nicht selbst verstanden habe, weine ich immer, wenn ich andere Leute im Fernsehen weinen sehe. Deshalb kann ich mir *Secret Millionaire*

auch nicht anschauen. Ich kann nur hoffen, dass die Zukunft die wilden Pferde in meinen Augen zähmt. Ich glaube immer noch, der Grund, warum Samantha Black letztes Jahr keinen Sex mit mir wollte, war, weil ich bei *Juno* geweint habe, und sie dachte, ich sei schwul.
Ich hoffe, niemand weint jetzt.
Das kleine Kaninchen sieht nicht besonders fröhlich aus.
»Jonah«, ruft Jonahs Mum aus der Küche. »Jonah, raus mit dir aus dem Wohnzimmer. Ich will Nachrichten sehen.«
Jonahs Mum hat keinen einzigen Tag lang die Nachrichten verpasst, seit ihr Mann in Afghanistan gestorben ist. Sie braucht einfach jemanden, den sie beschimpfen kann. Sie schimpft völlig willkürlich. Ich war oft genug dabei. Sie beschimpft Trevor McDonald, Hannah Montana und Gok Wan. Sie nennt sie alle Fotzen.
»Lass uns rauf und Xbox spielen«, sagt Jonah.
»Müssen wir?«
»Ja. Wir können Halo über Xbox Live spielen.«
Jonah weiß, dass ich es mag, wütenden Leuten beim Schreien über Xbox Live zuzuhören.
»Okay«, sage ich.
Normalerweise mag ich Computerspiele nicht, weil sie langweilig sind und schlecht für die charakterliche Entwicklung. Aber Halo über Xbox Live spielen ist in Ordnung, weil man sich mit aggressiven Fremden unterhalten und sie dann erschießen kann. Normalerweise ist so ein Verhalten nicht erlaubt.
Im ersten Spiel, das wir spielen, nennt jemand, der Burger-Thing424 heißt und einen nordenglischen Akzent

und eine Shotgun hat, Jonah einen Anfänger und lacht ihn aus. Jonah nennt die Person einen Scheißpaki. Ich frage Jonah, wie er weiß, dass die Person ein Paki ist, und Jonah erzählt mir, er wisse das, weil Burger-Thing424 ihm immer wieder hinten in den Kopf schieße. Ich verstehe den Witz nicht wirklich.
Jonah geht rauf auf den Wasserturm. Er sagt, dass er von hier alle wegsnipern werde. Er rät mir, mich einfach zu verstecken oder im Jeep rumzufahren oder so. Wenn ich mich ins Spiel einmische, sagt er, werde unser Team definitiv verlieren. Ich nicke. Ich will mir sowieso nur das Gerede anhören. Ich stolpere beim Bunker herum, sammle nutzlose Bewaffnung und eine Panzerweste auf.
»Hab ich dich, du Pakifotze«, sagt Jonah, grinsend.
»Hör auf, so rassistisch zu sein«, sage ich.
»Schwul hier nicht rum.«
»Und homophob!«
»Ich habe keine Angst vor dir.«
Um das zu beweisen, wirft Jonah einen großen Sprengsatz von der Spitze des Wasserturms. Obwohl ich im Bunker sicher bin, zittert meine Seite des geteilten Bildschirms. Jonah gluckst.
»Das ist scheiße«, sage ich.
»Was? Hast du das gesehen?«
»Oh«, sage ich, »du meinst diese kleine Ansammlung von Pixeln, die gerade auf deinem Fernsehschirm herumgewandert sind, während die Stimme eines arbeitslosen Typen aus Manchester in dein Zimmer eingedrungen ist und ›Fick dich‹ geschrien hat?«
»Spast.«

»Ich bin kein Spast, das ist einfach langweilig.«
»Na gut, lass uns zu Ende spielen, dann können wir raus und einen Joint rauchen.«
»Okay.«
Unser Team häuft zunehmend Punkte an. Jonah bleibt auf seinem Aussichtspunkt, pickt sich Mitglieder des anderen Teams heraus, die dann immer wieder neu geboren werden und in der virtuellen Umgebung herumlaufen. Schließlich bin ich so gelangweilt, dass ich wild durch die ungeschütztesten Bereiche renne.
Ich sterbe sehr oft.
»Was machst du für eine Scheiße?«, fragt Jonah.
»Ich packe das Leben beim Schopf«, sage ich.
Er lässt den Controller fallen und seufzt.
»Lass uns rausgehen.«
Draußen stößt unser Atem Geisterquallen in die Luft. Marihuanarauch krallt sich in meine Eingeweide. Ich entspanne. Wir sitzen am Rand der Veranda, und unsere Füße werden nass auf dem klammen Gras.
»Jonah«, sage ich, »hast du schon drüber nachgedacht, was du machst, wenn wir mit der Schule fertig sind?«
Er zuckt die Achseln.
»Noch ein Jahr, um nachzudenken.«
»Aber du musst doch irgendeine Vorstellung haben.«
Er drückt den Joint mit dem Fuß im Gras aus, zermahlt ihn. Er zündet sich eine normale Zigarette an und gibt mir auch eine.
»Die Army«, sagt er. »Ich schätze, die Army.«
Ich zünde meine Zigarette an. Mein Körper spannt an. Ich versuche, möglichst nicht laut und unsensibel zu sein.

»Die Army«, wiederhole ich.
»Ich weiß, was du davon hältst, spar dir die Mühe!«
»Okay.«
»Was ist mit dir?«
Ich versuche, meine Körpersprache zu ändern, damit sie weniger negativ wirkt.
»Ich werde ein preisgekrönter Schriftsteller«, sage ich. »Ich kauf mir ein Haus an der Costa del Sol. Ich schlafe den ganzen Tag und ficke die ganze Nacht.«
Jonah lacht.
»Kann ich dich besuchen?«
»Ja«, sage ich. »Ja, kannst du.«
Zurück im Haus schauen wir *X-Factor* auf Jonahs Bett. Ich sage nichts. Jonah gibt oft irgendwelche Kommentare ab.
Was Jonah sagt, während wir *X-Factor* schauen:

Mann, die muss das gewinnen, die ist so sexy.
Echt, Mann, sie gewinnt.
Ist der schwul, oder was?
Er ist schwul.
Alle voten immer nur für die Schwulen.
Ich wette, Mum votet auch für ihn.
Meinst du, ich könnte da auch hin?
Ich glaub, ich würde vielleicht gewinnen.

Dann singt er ein Lied aus *Lion King*.
Ich sage, dass ich abhaue.
»Okay«, sagt er. »Bis dann, Mann.«
Ich mag Jonah sehr. Ich hoffe, dass er nicht zur Army

geht. Er hat das Zeug, eine Art junger Russell Brand zu sein.
Draußen sind keine Sterne zu sehen. Die einzigen Lichter in der Dunkelheit kommen von Dingen, die wir selbst gebaut haben: Straßenlaternen, Lichter der Häuser, Flugzeuge, die blinken. Ich fühle mich, als ob ich in ein riesiges Stück Konzeptkunst eindringe. Ich hinterlasse kleine, schlammige Fußabdrücke.
Während ich dastehe und auf den Bus warte, halten zwei Jungs auf Fahrrädern neben mir an. Sie benutzen nur ihre Vorderbremsen, so dass die Räder erst nach einer langen, kurvigen Talfahrt stoppen. Die Typen haben ihre Schals hochgezogen bis zu den Augen. Beide haben Kapuzen auf, eine blau, eine schwarz. Ich habe extreme Angst.
»Okay, Kollege«, sagt Blaukapuze.
»Ja, Kollege«, sage ich.
In solchen Situationen ist es wichtig, dass man so spricht, wie mit einem gesprochen wird.
»Gib ma dein Handy, Kollege«, sagt Schwarzkapuze.
Er riecht nach Körperausdünstungen und nassem Hund.
Ich bewege mich nicht.
Ich stehe unter Schock.
»Gib ma dein Scheißhandy«, sagt er wieder.
Ich mache mir keine Sorgen, dass ich zusammengeschlagen werde. Ich mache mir Sorgen, ich könnte mir in die Hosen machen.
»Gibmadeinscheißhandyjetz«, sagt er. Ein einziges langes, zusammengesetztes Wort. Es wird sich sicher nicht durchsetzen.
Ich nestele in meiner Tasche herum. Ich nehme die Rück-

seite des Telefons ab und stecke die SIM-Karte aus. Zu Hause werde ich die SIM-Karte in mein altes Nokia 3210 tun, und alles wird weitergehen wie bisher. Ich werde es ihnen zeigen.
Ich gebe ihnen das Telefon.
»Unddeingeldbeutel«, sagt Blaukapuze.
Ich überlege, ob ich meinen Penis rausholen und sie beide mit Pisse vollspritzen soll.
»Ich habe keinen Geldbeutel.«
Neongelbe Säurepisse, die sie beide für immer blind macht.
»Wiesondas?«
Fotzen.
»Äh.«
Schwarzkapuze schubst mich.
»Los, verpissdich.«
Ich gehe los, geschlagen, in die Nacht. Mein Herz ist eine Snaredrum.
Einer der Typen schmeißt einen Stein und trifft die Rückseite meines Kopfes. Ich drücke meine Hand drauf, und sie ist rot. Ich frage mich, ob ich durch Steine sterben werde.
Und noch einer.
Diesmal mein Nacken.
Sie sind die Taliban, und ich bin eine Frau, die wegen Ehebruch angeklagt ist, zu Unrecht.
Ich renne.
Wieder zu Hause, im warmen Licht meines Zimmers, setze ich mich vor den Computer. Ich schwenke meinen Kopf. Mein Nacken tut weh.

Ich weiß nicht, was ich tun soll. Ich beschließe, es lieber nicht Mum zu erzählen. Sonst wird sie extrem besorgt um meine Sicherheit sein und mir nicht mehr erlauben, das Haus ohne einen bewaffneten Bodyguard zu verlassen oder ohne eine große, schlecht gelaunte Dogge.

Ich weiß, was ich tun muss.

Manchmal, wenn ich traurig bin oder mich krank fühle, spiele ich das alte Avril-Lavigne-Album und denke daran, wie glücklich ich 2003 war, als Küsse in der Schuldisco mit einem Mädchen, das nach Panda Pops schmeckte, genug waren, um zu denken, es könnte nicht besser sein. Ich höre das Avril-Lavigne-Album. Ich bewege den Mund zu den Texten, Richtung Decke. Wenn Mum das sehen würde, hätte sie bestimmt Angst, ich könnte schwul sein. Ich bin nicht schwul. Ich bin nur jung und ein bisschen ängstlich.

17

Ich sitze am Küchentisch, Mum gegenüber. Wir haben beide Teetassen in der Hand, ihre mit zwei Löffeln zuckerlosem Zuckerersatz, meine mit vier. Sonntag. Sie trägt ihre Lycrahose und riecht nach Schweiß, weil sie den Morgen im Fitness-Studio verbracht hat. Ich habe ihr nichts von dem brutalen Überfall letzte Nacht erzählt. Ich bin gerade erst aufgewacht. Mein Haar ist eine Handvoll Stroh. Es ist 11:15 Uhr.

»Jasper«, sagt Mum, »ich hoffe, du weißt, dass diese Prüfungen überaus wichtig sind.«

»Ja, Mum.«

»Und es ist sehr wichtig, dass du in der Lernpause lernst.«

»Sehr wichtig«, sage ich und nicke.

»Vielleicht wichtig genug, um auch mal vor Mittag aufzustehen?«

»Es ist erst elf, Mum.«

»Trotzdem, Jasper, als ich für die mittlere Reife gelernt habe, bin ich um sieben Uhr aufgestanden, jeden Tag, um den gesamten Stoff reinzubekommen.«

»Ich will aber auch kein ... was auch immer du bist, werden.«

Mum seufzt. »Du bist zu jung, um zu wissen, was du willst.«

Keith kommt die Treppen runter, in seinem Morgenmantel, reibt sich die Augen und kratzt sich die Genitalien. Sein graues Haar steht in komischen Winkeln ab, und seine gelben Zehennägel machen beim Laufen Geräusche. Auf jeden Fall ein Mörder.
»Morgen, Champion«, sagt er.
Manchmal frage ich mich, wie er es hinbekommt, jedes Mal, wenn er mich sieht, einen neuen Namen auf Lager zu haben. Er schaut bestimmt jeden Tag *Friends* und macht sich umfangreiche Notizen. Ich stelle mir vor, dass die Innenseite seines Kleiderschranks mit Post-its voll ist, die ihm für jeden Tag einen freundlichen Namen für mich vorschlagen. Eines Tages werde ich ihm überallhin folgen und schauen, ob ich seinen Vorrat aufbrauchen kann.
»Siehst du«, sage ich, »Keith ist auch jetzt erst auf.«
»Keith hat auch keine wichtigen Prüfungen vor sich.«
»Lass dem Kleinen doch mal eine Pause, Schatz, es geht hier doch nicht um Leben und Tod«, sagt Keith. Ich weiß nicht, warum er sich das antut. Er wuschelt mir durchs Haar. Blut klebt an seinen Händen, metaphorisch gesprochen.
Ich lege meine Hände auf den Tisch. Mum schaut auf sie herunter, dann wieder zu mir. Sie verzieht ihr Gesicht zu einer unschönen Grimasse. Sie ahnt, dass ich was von ihr will.
»Mum«, sage ich und neige meinen Kopf ganz leicht zur Seite, um sie daran zu erinnern, dass ich ihr wunderbarer, bezaubernder und charmanter Sohn bin, »wenn meine Prüfungsergebnisse über dem Landesdurchschnitt lie-

gen, darf ich dann meine Nase piercen lassen?« Brustwarze wäre wahrscheinlich zu viel. Nase ist realistisch. Mum lässt ihr Gesicht los. Sie hält das nicht für ein ernstzunehmendes Thema.

»Nein, Jasper«, sagt sie. »Nein, darfst du nicht.«

»Der Schlüssel zu einer erfolgreichen Mutter-Sohn-Beziehung ist der Kompromiss«, sage ich. »Ich strenge mich in der Schule an, wenn du mir die persönlichen Freiheiten gewährst, die ich verdiene.«

Mum verzieht ihren Mund zu einer Seite. Ich weiß nicht, was in ihrem Kopf vorgeht. Mum hat ein simples Gemüt. Es kann nicht viele Gedanken auf einmal verarbeiten.

Sie dreht sich zu Keith.

Er grinst.

Sie dreht sich wieder zu mir.

»Okay«, sagt sie, »wir machen einen Deal: Du kannst dir ein Ohrloch stechen lassen, wenn deine Prüfungsergebnisse über dem Schuldurchschnitt liegen.«

Mum hat meinen Plan unterlaufen! Sie weiß, dass der Schuldurchschnitt höher liegt als der Landesdurchschnitt.

»Ohrlöcher sind schwul«, sage ich. »Augenbraue?«

»Ohr.«

»Lippe?«

»Ohr.«

»Ein Hautimplantat über dem linken Schlüsselbein?«

»Ohr.«

»Bauchnabel?«

»Das Ohrloch oder gar nicht, Jasper, das ist der Deal.«

Ich atme aus. Ich wünschte, sie würde aufhören von ei-

nem Deal zu sprechen. Meine Mum denkt, sie sei Noel Edmonds.
»Also mein Penis?«
»Sei nicht so eklig«, sagt Mum. »Eines Tages wirst du mir danken, dass ich dich davon abgehalten habe, deinen eigenen Körper zu verstümmeln.«
»Das ist nicht eklig, Mum. Es ist ziemlich sinnlich. Es erhöht das sexuelle Erleben für beide Partner. Du bist so spießig.«
Keith stößt Mum an und gibt einen sexuellen Laut von sich. Mum ignoriert ihn. Sie beugt sich weit vor zu mir. Sie ist Julia.
»Jasper«, sagt sie ruhig und nimmt ihre Teetasse beiseite, als hätte sie Angst, ich könnte mich dahinter verstecken, »bist du sexuell aktiv?«
Eine vertrackte Situation. Ich wende einen Trick an, den ich von Julia gelernt habe. Ich lehne mich zurück und werfe einen Blick auf mein Handgelenk, auch wenn dort gar keine Uhr ist.
»Oooh«, sage ich, »sieht aus, als wäre die Zeit rum. Tut mir leid, Mum.«
Ich gehe nach oben.
Ich liege auf meinem Bett und versuche, nicht an Pings Mom zu denken. Es ist schwierig, denn meine Fantasie füllt das Zimmer mit einer ganzen Menge an Leuten, die alle schreien: »Du hast WAS getan?«, und ich habe keine Antwort für sie. Ich spiele Los Campesinos! auf dem Laptop. Ich lösche meinen Kopf mit einem Kissen.
Das Telefon klingelt.
»Jasper?« Es ist Tenaya.

»Ja.«
»Was machst du heute Abend?«
Ich stehe auf, schaue mich um und jucke mich im Schritt.
»Nichts, glaube ich. Wieso?«
»Kann ich vorbeikommen?«
»Klar.«
Sie muss es satthaben, allein mit Toms Geist rumzusitzen. Sie muss erkannt haben, dass echte Gesellschaft besser ist als hässliche Flecken auf glücklichen Erinnerungen.
»Danke. Ist sechs okay?«
»Klar.«
»Dann bis dann.«
»Tschüss.«
Ich sitze auf meinem blauen Drehstuhl (Keith hat ihn aus dem Sperrmüll in seinem Büro geklaut) und rolle rüber zum Schreibtisch aus Holzimitat. Mein Psychologie-Buch liegt schon offen vor mir, gespreizt wie eine nackte Frau. Eigentlich nicht, nein, überhaupt nicht wie eine nackte Frau; tausendmal weniger verführerisch. Wenn das eine nackte Frau wäre, dann würde ich mit ihrem Körper lernen und meine Hand über meinen Schwanz streichen lassen, als wäre er eine Tube Zahnpasta, in der nicht mehr viel drin ist. Aber so ist es nicht. Es geht um Autismus, und wie man die Symptome ermittelt. Ich will kein Autismus-Ermittler sein. Ich will schlafen.

+

Tenaya kommt um 17:30 Uhr. Sie trägt ein weißes Sommerkleid und alte Stiefel. Sie sieht wieder hübsch aus, und sie lächelt. In der Küche koche ich Wasser, und sie sitzt auf der Marmorarbeitsplatte und baumelt mit den Beinen.

»Wie weit bist du mit Tom?«, frage ich.

»Ich glaube, ich bin über ihn hinweg.«

»Glaubst du?«

»Ja. Über etwas hinwegkommen heißt ja nicht, es vergessen, eher: lernen, wie man mit der Erinnerung umgeht.«

»Aha.«

Sie lacht. »Genauso, wie du es geschafft hast, mit Abby umzugehen.«

»Dass ich Abby verloren habe, war hart«, sage ich. »Ich habe viele schlaflose Nächte durchgemacht und stundenlang geweint, in meine hohle Hand.«

»Hat sie je rausgefunden, dass du es warst?«

»Nicht sicher.«

»Ich schätze, sie hatte schon den Verdacht.«

Wir nehmen unsere Teetassen mit rauf und liegen auf dem Bett. Ich mache Feist auf dem Laptop an.

»Wir exhumieren morgen Margaret Clamwell«, sagt Tenaya.

»Krass, ja stimmt«, sage ich. Ich hatte das komplett vergessen. »Bestimmt hat Keith ein paar Skimützen irgendwo, die können wir anziehen.«

»Willst du echt eine Skimütze anziehen?«

»Ja, warum nicht?«

»Wirkt das dann nicht irgendwie kriminell?«

»Ich weiß nicht, vielleicht. Aber sobald wir die Leiche

haben, wird jeder wissen, dass Keith der Kriminelle ist, nicht wir. Und wir werden Helden.«

»Und wenn keine Leiche dort liegt?«

»Ganz sicher liegt dort eine Leiche.«

»Wenn du sicher bist.«

»Klar.«

+

Als ich aufwache, ist das einzige Licht im Zimmer ein dünner Strahl, der aus dem Anzeigefeld des DVD-Players kommt. Der Bildschirm hat sich auf Standby gestellt. Tenaya schläft, gekrümmt wie ein Hufeisen, auf der rechten Seite des Bettes, in ihrem Kleid, das sich an ihrem Rücken zu Falten aufgeworfen hat.

Ich gehe nach unten und esse vier Weetabix mit vier Esslöffeln Zucker und einem Viertelliter Milch. Die Küchenuhr zeigt 6:30 Uhr, aber die Küchenuhr geht zehn Minuten vor. Zehn Minuten, aber nicht genug, um mich auszutricksen. Ich habe den Trick gelernt. Als Uhr verbringt sie ihre Zeit damit, Leuten mit wichtigen Aufgaben abgeschmackte Streiche zu spielen. Ich habe eine wichtige Aufgabe. Ich muss das Leben meiner Mutter retten.

»Hier«, sage ich und lecke an Tenayas Stirn, um sie aufzuwecken. Ich reiche ihr eine Tasse Tee. »Raus aus den Federn!« Wir sitzen beide am Bettende, nippen am Tee und starren die Tapete an.

»Wenn wir da einen Körper finden ...«, sagt Tenaya. Sie spricht nicht weiter.

»Pst«, sage ich. »Wir werden nur den Kopf aus dem Boden ziehen und dann die Polizei rufen.«
»Du kannst gern der sein, der den Kopf anfasst.«
»Okay, ich werde den Kopf anfassen.«
Mein Telefon vibriert. Eine Nachricht von Ping. *kommst heut abend?*
Ich schaue Tenaya an.
»Wolltest du heute Abend zum Hügel?«, frage ich sie.
»Ich weiß nicht. Nicht wirklich.«
»Okay.«
Ich texte zurück: *kann nicht, sorry, hab zu tun.* Dann schau ich auf die Uhr im Telefon (6:40 Uhr) und füge hinzu: *wieso bist wach?* Nach einer Sekunde schreibt Ping zurück: *noch nicht geschlafen.*
Als Tenaya ihren Tee ausgetrunken hat, hole ich die Skimützen, und wir verlassen leise das Haus. Draußen ist es ein typischer heller Vorstadtmorgen. Der Weg ist nicht besonders weit, und die einzigen Leute, denen wir auf dem Weg begegnen, sind ein übergewichtiger Mann im Poloshirt, der einen kastanienfarbenen Pitbull spazieren führt, und eine blonde, heiße Mom, die in einem Lycra-Outfit joggt, mit ernstem und motiviertem Gesichtsausdruck. Tenaya schimpft mich aus, weil meine Augen ihrem Hintern folgen. Sie sagt, eine Frau sei kein Objekt. Ich sage, ich wüsste, dass eine Frau kein Objekt sei, aber ihr Anus schon.

18

Vor der Exhumierung male ich mit Tipp-Ex einen Penis auf die Rückseite von Tenayas Skimütze, damit, falls uns jemand sieht und der Polizei von einer Penis-Skimütze berichtet, sie sie bei Tenaya finden, sie verhaftet wird und ich nicht. Dummerweise hat sie es gemerkt, bevor sie sie anzog, und bestand darauf, zu tauschen, so dass ich nun Keiths Exfrau mit einem plumpen weißen Penis auf der Rückseite meines Kopfes exhumiere.

Wir haben schon ungefähr eine halbe Stunde am verdächtigen Erdhügel rumgebuddelt, nur mit unseren Händen. Tenaya hat nicht so viel gemacht, weil sie keinen Dreck unter die Nägel bekommen will. Ich habe ihr gesagt, es gehe um Leben oder Tod, aber sie hat mir nicht geglaubt. Die Sonne ist nun ganz draußen, und der Himmel über unseren Köpfen ist klar und blau, so klar wie die Haut von Georgia Treelys Wangen. Um mich selbst für das Grauen zu wappnen, das mich erwartet, stelle ich mir die ganze Zeit vor, wie Georgia Treely mir in einem gelben Bikini zuwinkert. Die Familie, die in diesem Haus lebt, wird bald wach. Wir haben noch nichts gefunden.

»Ich finde, wir sollten gehen«, sagt Tenaya.

»Willst du, dass meine Mum stirbt?«

»Ich denke nicht, dass deine Mum sterben wird, Jasper.«
»Die Leute hätten auch nicht gedacht, dass Martin Luther King sterben würde«, erkläre ich. Tenaya seufzt laut.
Ich mache weiter, schaufele Erde mit den Händen heraus. Alles, was ich finde, ist ein Pog-Plättchen mit Taz dem Tasmanischen Teufel drauf. Ich stecke den Pog in meine Tasche und grabe weiter, meine Hände nehmen die Farbe von Pad Thai an. Ein paar Minuten später zieht Tenaya mich runter in den Dreck, so dass wir beide flach auf unseren Bäuchen liegen.
»Mann, warum hast du das gemacht?«, frage ich.
»Ich habe gesehen, wie sich jemand im Haus bewegt hat.«
»Warum sind wir dann nicht weggelaufen? Was hilft es uns, wenn wir in ihrem Garten rumliegen?«
Ich bemerke einen kleinen Kieselstein, der sich gegen meine Genitalien drückt, und ich schiebe meine Hand unter mich, um ihn zu entfernen.
»Jasper, was machst du?«
Ein Mädchen im Pyjama, bedruckt mit kleinen Cartoon-Elefanten, kommt aus dem Haus in den Garten. Sie sieht uns nicht sofort. Der Kieselstein drückt immer noch gegen meinen Penis und meinen linken Hoden. Das Mädchen nimmt eine Zigarette hinter ihrem Ohr hervor und zündet sie an. Das Mädchen sieht uns.
Tenaya ist die Erste, die aufsteht. Sie nimmt ihre Skimütze ab. Ich lasse meine auf.
»Danke, dass du nicht schreist«, sagt Tenaya.
»Was macht ihr denn da bitte?«, fragt das Mädchen, ruhiger als erwartet. Die Zigarette bleibt in ihrer Hand und wird schnell zu einem Zylinder aus Asche. Keiner von

uns sagt irgendwas. Meine Leiste tut weh, also lege ich meinen Penis mit meiner Hand durch die Hose hindurch anders hin. »Kannst du bitte aufhören, an deinen Schwanz zu fassen?«, fragt das Mädchen. »Und nimm die Scheißskimütze ab.«
Ich nehme die Scheißskimütze ab.
»Tut uns leid«, sagt Tenaya. »Wir haben nach unserer Katze gesucht.«
»Mit Skimützen?«
»Die Gesichter von Menschen erschrecken Rupert.« Das Mädchen starrt uns an. »Wir gehen jetzt wohl besser.«
Das Mädchen nickt. Ihr Gesicht ist rot. Eine explodierte Dose Tomatensuppe.
Tenaya und ich drehen uns um, rennen und springen über den Zaun am Ende des Gartens. Wir rennen, bis wir drei Straßen weiter sind, dann hören wir auf zu hecheln. Ich drehe eine Zigarette und zünde sie an. Tenaya nimmt meinen Tabak und fängt auch an, sich eine zu drehen. Wir setzen uns hin, auf eine kleine Ziegelmauer.
»Rupert ist ein beschissener Name für eine Katze«, sage ich.
»Immer noch besser, als sich den Schwanz zu reiben.«
Ein glatzköpfiger Mann kommt Hand in Hand mit seinem rothaarigen Sohn vorbei, mit einem komischen Gesichtsausdruck, der über das ganze Gesicht geht, wie ein hässlicher orientalischer Fächer.
»Meinst du, sie erzählt es ihren Eltern?«, frage ich.
»Nein.« Tenaya schüttelt den Kopf. »Sie ist früh aufgestanden und rausgegangen, um zu rauchen. Es wäre einfacher, nichts zu sagen, als zu versuchen, das zu erklären.«

Als wir wieder bei Atem sind und unsere Zigaretten zu Ende geraucht haben, gehen wir zurück zu mir, zum Frühstücken. Mum und Keith sind schon los zur Arbeit, was uns die Ausreden erspart. Wir sitzen am Küchentisch mit Schüsseln voll Cheerios und Bechern mit Tee. Ich trinke aus meiner Harry-Potter-Tasse und Tenaya aus Mums »Beste Mutter der Welt«-Tasse. Ich habe Mum die Tasse nicht gekauft. Keith hat sie gekauft und eingepackt und mir gegeben, damit ich sie ihr zum Geburtstag schenke. Das hat er gemacht, weil er wusste, dass ich egoistisch bin, aber er will nicht, dass Mum es weiß, denn das würde sie unglücklich machen, und wenn sie unglücklich wäre, würde sie ihn vielleicht verlassen, und er könnte sie letzten Endes doch nicht ermorden. Er will es sich nicht entgehen lassen, sie zu ermorden. Für Keith ist Mord besser als Analsex.

»Es hat nicht geklappt«, sagt Tenaya.

»Nee«, sage ich. Ein Strom Milch läuft an meinem Kinn runter und ertränkt die kleinen Haare wie arme Kinder in einem Tsunami. »Ich fühle mich total blöd.«

»Wir sollten lernen.«

Ich will Tenaya nicht allein lassen, besonders nicht nach der Exhumierung, besonders nicht in der Gesellschaft von Schulbüchern. »Wir könnten zu der Party gehen.« Ihre Arme werden es mir danken.

»Nein, wir müssen lernen.«

»Weißt du noch das letzte Mal auf dem Hügel?«

Tenaya lacht.

Das letzte Mal, als wir auf dem Hügel waren, war zu der Zeit, als wir immer Brandstifter gespielt haben. Wir sind in den leeren Vororten herumgestreunt und haben nach alten Schuppen und Häusern gesucht. Wir waren beide ganz aufgeregt, als wir einen Schuppen auf dem Hügel fanden. Er war verschlossen, also stopften wir Bälle aus Zeitungspapier in die Löcher und Ritzen, zündeten sie mit Streichhölzern an, lehnten uns zurück und stießen mit Bier an.

Es war ziemlich aufregend, den Schuppen zu beobachten, wie er sich in orangerote Federn auflöste, die sich über das fleckige grüne Waldlicht legten. Ich konnte sehen, wie das Orange in Tenayas Augen reflektiert wurde. Das Feuer wärmte das Glas unserer Bierflaschen.

Dann Schreie.

Und Kratzen.

Ein sehr verzweifeltes Kratzen, aus dem Inneren des Schuppens.

Ein Mann rennt aus dem Häuschen heraus. Es ist schwer, ihn zu erkennen, denn Teile seines Körpers stehen in Flammen, seine Hose und seine Haare zum Beispiel. Sein Mund steht offen. Ich sehe seine Zähne, kleine elfenbein farbige Stümpfe, übersät von schwarzen Löchern und gelber Kruste wie bei den Heroinabhängigen, von denen uns Mrs Thorne in Sozialkunde DVDs vorgespielt hat.

»Fuck!«, schreit Tenaya. Ich verspüre eine Welle der Dankbarkeit dafür, dass sie nicht wie ihre Mutter dazu tendiert, Schimpfwörter zu verharmlosen. »Fuck, mach irgendwas, Jasper.«

Ich gucke zu Tenaya und dann auf den Boden, dann zu dem brennenden Mann, der jetzt ganz bei uns in der Nähe herumrollt.

Ich gucke zu Tenaya. Ich gucke zu dem Mann. Ich muss irgendetwas tun. Mir ist angst und bange, weil der Mann versuchen könnte, mich mit einer seiner Nadeln zu erstechen, die mich mit HIV infizieren könnten, was dann zu AIDS werden könnte, was wiederum meinen Tod bedeuten könnte. Ich gucke das Gebäude an. Ich gucke Tenaya an.

»WAS, MANN SCHEISSE?!«, schreit sie und starrt erwartungsvoll auf mich. Ich lasse Leute immer im Stich. Ich bin sehr selbstsüchtig.

Ich stelle mich über den Mann, packe meinen kleinen, geschrumpelten Penis und dusche ihn im Urin, bis er fest gegen mein Schienbein tritt, weshalb ich gern zurücktreten würde. Ich trete zurück. Meinem intuitiven Akt der Vergeltung folgt eine Woge von Schuld, weil er immer noch brennt und ich nicht. Seine Augen sind größer als alle Augen, die ich je gesehen habe.

Ich pisse weiter, denn, so wie Mum sagen würde, eines Tages wird er mir danken.

»Du hattest Glück, dass er dir nicht in die Eier geboxt hat«, sagt Tenaya.

Ich nehme unsere Becher und trage sie rüber zur Spüle.

»Ja«, sage ich. »Also, gehen wir auf die Party?«

Tenaya seufzt wieder. Sie seufzt oft. »Gut.«

Ich bin der Erlöser jugendlicher Arme.

Ich hinterlasse ein Post-it am Kühlschrank.

Komme heute Abend nicht zurück, Mum. Habt Spaß.
Alles Liebe,
dein Lieblingssohn (Jasper)

19

16:06 Uhr. Wir stehen vor Pings Haus, klopfen an die weiße Plastiktür. Seine Mum macht auf. Sie trägt ein Led-Zeppelin-T-Shirt, und ihre Lippen sind pink wie Leuchtstäbe angemalt. Pings Mum ist sexuell äußerst attraktiv. Ich überlege, ob ich ihr zuzwinkern soll. Ich entscheide mich für Nein.

Wir fragen, ob Ping da ist, und sie sagt, dass er im Bett sei und wir ruhig nach oben gehen könnten. Als wir an ihr vorbeigehen, gebe ich mir Mühe, dass ihre Brustwarze meine Schulter streift. Ich entschuldige mich, und sie lächelt. Ich würde sehr gerne mit ihr Sex haben. Wenn Pings Mum Prostituierte wäre, würde ich Kreditkartenbetrug begehen, um genug Geld zusammenzukriegen, damit ich mir Sex mit ihr kaufen kann.

Oben marschieren wir in Pings Schlafzimmer und fangen an, auf seinem schlafenden Körper herumzuhüpfen und laute, sinnlose Töne von uns zu geben. Wir machen weiter, bis er schreit: »Verpisst euch«, und unsere grinsenden Gesichter ohrfeigt. Schließlich setzt er sich im Bett auf.

»Wie viel Uhr ist es?«, fragt er. Seine Stimme ist noch gebrochen vom Schlaf.

»Vier.«

»Vier?«, wiederholt er. »Was verdammte Scheiße weckt ihr mich dann auf?«
Nachdem er das gesagt hat, zieht er sich die Decke über den Kopf. Tenaya und ich trommeln durch die Decke hindurch auf ihn ein, bis er sich wieder aufsetzt.
»Wir müssen Jonah abholen«, sagt Tenaya. »Dann rauf auf den Hügel.«
»Das dauert doch nicht so lang.«
»Jonah will nicht wieder im Dunkeln fahren.«
Ping lacht.
»So eine Pussy«, sagt er, steigt aus dem Bett. Er steht in seinen Boxershorts neben uns und kratzt sich den Kopf.
»Okay«, sagt er. »Okay.«
Wir beobachten ihn dabei, wie er seine Jeans, ein T-Shirt und einen Kapuzenpullover zusammensucht, dann gehen wir alle runter. Ping nimmt eine Scheibe Toast aus der Hand seiner Mutter, küsst ihre Wange, und wir gehen.
Der Weg zu Jonah ist nicht weit, aber lang genug für Ping, einige neue Abby-Hall-Witze auszuprobieren, die er sich ausgedacht hat.
»Hey, Jasper, war es cool, ein Mädchen mit Stonehenge im Gesicht zu ficken?«, fragt er, als wir in Jonahs Straße einbiegen. Sogar Tenaya lacht.
Jonahs Mutter ist bei der Arbeit, also lässt er uns rein. Wir setzen uns mit zu ihm aufs Sofa und schauen Celebrity Big Brother. Wir versuchen zu erraten, wer die Celebrities sind. Ich sage Ping, dass seine Mutter sexy genug sei, ein Celebrity zu sein, und er boxt mich dafür in den Arm. Tenaya fragt, ob der Schwarze Will Smith sei. Ping nennt sie rassistisch.

»Wollt ihr Bier?«, fragt Jonah.
Wir sagen, dass wir alle eins wollen, und er geht raus in die Küche. Als er zurückkommt, sitzen wir alle da, schlürfen aus den Dosen und starren auf den Fernseher. Wir sitzen alle rum und starren andere Leute an, die sich gegenseitig anstarren.
»Wie cool wäre es, wenn George Bush bei Big Brother mitmachen würde«, sagt Ping.
»George Bush würde nicht bei Big Brother mitmachen«, sagt Tenaya.
»Wieso nicht?«
»Jemand würde ihn erschießen.«
»Hat den nicht schon jemand erschossen?«, fragt Jonah.
»Nein«, sage ich. »Ich bin mir ziemlich sicher, dass George Bush noch am Leben ist.«
»Man könnte schon denken, dass ihn jemand erschossen hat. Die Amerikaner sind doch super crazy, und alle haben nur davon geredet, wie sehr sie ihn hassen.«
»Es hat auch noch niemand Obama erschossen«, sagt Ping.
»Alle lieben Obama.«
»Weil er schwarz ist. Es ist nicht mehr cool, rassistisch zu sein.«
Ich denke an mein Klan-T-Shirt und an Julia. Ich muss mir merken, das nächste Mal bei Julia über Obama zu sprechen. Keith hat ihn mal einen hochnäsigen Kameltreiber genannt.
»Können wir aufhören, über Amerika zu reden?«, fragt Tenaya.
»Kennt ihr Anas kleine Schwester?«

»Ja.«
»Sie hat so viel amerikanisches Fernsehen gesehen, dass sie jetzt einen amerikanischen Akzent hat.«
Mein Mund verzerrt sich. »Abgefuckt.«
»Ja.«
»Aber Hannah Montana ist sexy.«
»Ja, stimmt.«
Nach Big Brother kommt nur die Wiederholung einer Friends-Episode, die wir alle schon sechsmal gesehen haben, also gehen wir los.
Wir müssen Ana abholen. Es ist nicht weit. Als wir in ihre Straße kommen, steht sie draußen und schreit eine alte Frau mit einem gelben Hut an. Die alte Frau hat ein Gesicht voller Falten und Leberflecken, und ihre Augenlider sind halb geschlossen.
»Zum Haus geht's da lang«, ruft sie. »Du blöde, beschissene Alte, geh zurück, hör auf, mir hinterherzulaufen.«
Ana ist gemein.
Ping erklärt, dass die Frau Anas Großmutter ist und ihre einzige Erziehungsberechtigte. Ana ist ein Omakind.
Im Auto erzählt Ana, dass ihr Großvater vor sechs Jahren gestorben ist und ihre Großmutter manchmal seine alte Brille aufsetzt und einfach dasitzt und in sie hineinweint.
Ich erzähle, was meine Mutter über Frauen gesagt hat, die besser zurechtkommen, wenn ihre Männer sterben.
Ana sagt, es sei dumm, so was zu sagen.
Es ist eine halbe Stunde Fahrt zur Lichtung auf der Hügelspitze, und wir müssen zwischendurch anhalten, um Alkohol und Zigaretten zu kaufen. Als wir dort ankommen, ist der Himmel dunkel und Jonah angepisst.

20

Auf der Lichtung am Hügel brennt ein ansehnliches Lagerfeuer. Daneben hat jemand mit ausgefaserten blauen Schnüren eine riesige Holzplanke an den Baum gehängt, zum Schaukeln. Ein großes Mädchen, das ich noch nie gesehen habe, sitzt darauf, ihre Augen geschlossen und Speichel am Kinn. Ketamin. Drei Zelte sind schon aufgestellt, und die meisten Kids sitzen auf Decken oder Holzklötzen in Gruppen um das Feuer herum. Ein Junge aus dem Jahr unter uns sitzt neben einer Tasche mit Feuerholz und schleudert ein paar Scheite hinein. Crystal Castles dringen aus einem mitgebrachten iPod-Lautsprecher. Wir grüßen die Leute, die wir kennen, und checken die ab, die wir nicht kennen. Es gibt einen bemerkenswert hohen Anteil attraktiver Mädchen. Georgia Treely ist nicht da, aber das habe ich auch nicht erwartet. Sie würde weder die Erlaubnis bekommen noch selber herkommen wollen. Wahrscheinlich ist sie zu Hause und lernt für die Prüfungen, mit einer ganz sicher nicht feuchten Vagina, im Hintergrund leise Mahler.

Georgia Treely mag Mahler sehr. Georgia Treely mag Sam nicht, weil er in Wirtschaftskunde mal gesagt hat, dass es den Klimawandel gar nicht gebe.

Wir trinken Bier, bis alle finden, dass sie betrunken ge-

nug sind, und dann sitzen wir einfach rum. Nach einer Weile dreht sich Jonah zu mir, mit einem verwirrten Gesichtsausdruck.
»Jasper«, sagt er, »was für eine Generation sind wir?«
Ich zucke mit den Achseln.
»Ich weiß nicht. Z, schätze ich.«
»Nein, eher Y«, sagt Ping.
»Ich dachte, wir seien Generation X.«
»Nein, du Spast«, sage ich. »Generation X, das waren Van Halen und der ganze Scheiß.«
»Ich finde, wir sollten die Generation Arsch sein.«
»Warum sollten wir bitte die Generation Arsch sein?«
»Weil wir die erste Generation sind, die dem Analsex sein Stigma genommen hat.«
»Nein, sind wir nicht.«
»Nee, ich gehe niemandem an den Arsch.«
»Okay, dann sind wir die Generation Fotze.«
»Du bist die Generation Fotze.«
»Was auch immer für eine Generation, ich finde, wir sind kein Teil davon.«
»Was? Wieso?«
»Welcher Prozentsatz der Weltbevölkerung genau denkst du sind weiße Mittelschichtkids?«
»Es sind die reichen Kids, die eine Generation ausmachen, du Idiot, und das sind ja wohl wir.«
»Ja, sonst wäre die Generation X nicht nach einer Punkband benannt worden. Sie hätte Generation Malaria oder so was geheißen.«
»Die Generation X wurde nicht nach der Band benannt, sondern nach dem Buch.«

»Nein, wurde sie nicht, das Buch war der letzte Scheiß. Sie wurde nach der Band benannt.«
»Meine Mum sagt, wir sind die Facebook-Generation«, sagt Ping.
»Aargh, ich würde so gern deine Mutter ficken.«
Ping zeigt mir den Mittelfinger.
Alle lachen.
Eine Stunde später erklärt Jonah, was die Osteuropäer zur Sommersonnenwende machen. Er erklärt, dass sie Lagerfeuer machen und dann abwechselnd drüberspringen, und jedes Mal, wenn jemand drübergesprungen ist, schmeißen sie mehr Holz rein. Er sagt, wir sollten es versuchen. Wir sind alle betrunken. Wir stimmen zu.
Jonah sagt, er werde die Reihenfolge auslosen, indem er seinen Zufallszahlengenerator im Handy benutzt. Ich sitze neben ihm. In Wirklichkeit schreibt er die Reihenfolge auf, von der er denkt, dass sie die witzigste sei. Und die geht so:

Jonah
ich
Ping
Tenaya
Ana

Er grinst mich an und liest dann die Reihenfolge vor. Ping protestiert wegen Anas Platz, aber Jonah sagt ihm, Gott habe gesprochen.
Jonah und ich kommen leicht übers Feuer. Bevor Ping losspringt, leert Jonah die ganze Feuerholztüte in die

Flammen aus. Die Kids von der Baccant High starren uns an. Ping schubst Jonah. Sie wollen gerade anfangen zu streiten, doch dann rennt jemand zwischen sie, wild zuckend.

»SCHEISSESCHEISSESCHEISSE, HELFT MIR«, ruft er. »WASSER. BIER. WAS KALTES. HILFE. SCHEISSE.«

»Hey! Was ist los?«, fragt Tenaya.

»NESSELNVERFICKTENESSELN. REINGEFALLENODERREINGESCHUBST. SCHEISSE HELFT MIR. HILFE.«

Sein Gesicht sieht fleckig aus, wie Tigerbrot. Ich mag Tigerbrot. Lange rote Hügelchen ziehen sich über seine Haut.

Jonah wirft ihm eine leere Bierdose an den Kopf. Er taumelt weg und versucht weiter, das Brennen durch Schütteln loszuwerden.

Tenaya schnalzt mit der Zunge, um ihr Missfallen zu bekunden.

»Hätten wir nicht helfen sollen?«

»Nein«, sagt Jonah. »Der Typ ist ein Wichser.«

»Du kanntest ihn nicht.«

»Ich konnte es an seinem Gesicht sehen. Außerdem, wenn er kein Wichser wäre, warum würde ihn dann jemand in die Nesseln schubsen?«

»Weil derjenige ein Wichser ist?«

»Du bist ein Wichser.«

21

Als der Himmel ganz schwarz ist, sitzt Tenaya da und starrt auf ihre Hände, im Lichtschein des Feuers. Das heißt, dass in ihrem Kopf wahrscheinlich dunkle Wolken aufziehen. Sie muss woanders hin. Ich frage sie, ob sie ein Stückchen laufen will. Sie nickt stumm, und wir stehen auf. Alle anderen sind betrunken und unterhalten sich oder lachen wie wahnsinnig, so dass uns niemand bemerkt.

Wir laufen von der Lichtung weg. Das einzige Licht kommt vom Lagerfeuer. Es fällt in Streifen zwischen den Baumstämmen hindurch. Wir folgen den Mustern, die es auf dem Erdboden und den Blättern wirft. Als sie schwächer werden und sich auflösen, ziehe ich mein Telefon raus und benutze es als Taschenlampe. Wir gehen noch ein Stück weiter, biegen dann links ab, bis wir zu dem Feld am Hang kommen, wo die Eiche steht, die durch einen Blitzeinschlag schwarz geworden ist.

Auf den unteren Ästen kann man sitzen und alle Straßenlaternen und erleuchteten Fenster unten sehen. Ich rauche, und Tenaya lässt ihre Beine baumeln. Sie schleudert ihre Schuhe von den Füßen und ins hohe Gras.

»Tom hat eine neue Freundin«, sagt Tenaya.

Sie zieht eine kleine Flasche Wodka aus dem Supermarkt

aus der Manteltasche und nippt daran. Sie gibt sie mir. Das Zeug schmeckt nach Krankenhaus. Ich reiche die Flasche zurück, und wir sitzen eine Weile still da.

»Wer ist es?«, frage ich.

»Lydia Jenkins.«

»Die aus dem Jahr über uns mit den neun Fingern?«

Tenaya lacht.

»Nein, die aus dem Jahr unter uns, die immer ein Tuch um ihren Kopf bindet.

»Oh«, sage ich, »die.«

»Ich bin doch noch nicht über ihn hinweg«, sagt sie.

»Ich weiß«, sage ich zu ihr.

Sie gibt den Wodka zurück und dreht sich zu mir. Eines der Fenster wird schwarz. Ein paar andere werden hell. Ich schaue Tenaya an. Ihre Augenlider sind tief gesenkt, und sie hat die Ärmel ihres Mantels über ihre Fingerknöchel gezogen.

»Bald sind wir alt, ich trage eine Melone, und du hast einen Labrador«, sage ich. »Du wirst dich nicht mal an sein Gesicht erinnern.«

»Von hier oben aus wirkt alles so klar«, sagt sie. »Aber noch sind wir nicht oben angekommen.«

Wir geben uns den Wodka einige Male hin und her, beobachten die Lichter und fragen uns, welches davon eines Tages unseres sein wird. Ich drehe uns beiden Zigaretten, und wir sitzen da und blasen Rauchringe in die raue Luft. Nach einer Weile sagt Tenaya, dass ihr kalt sei, und fragt, ob wir gehen können. Sie sagt, wir könnten doch laufen. Es wird Stunden dauern, aber ich stimme zu und nehme

wieder mein Telefon als Taschenlampe, als wir an den Bäumen vorbeistolpern, Richtung Hauptstraße.
Die Straße den Hügel runter ist steil, gefährlich und voller Schlaglöcher. Wir halten ab und zu an, um uns Zigaretten zu machen und uns auf den Rücken zu legen. Mitten auf der Straße nimmt Tenaya meine Hand und sagt: »Ich weiß nicht.«
Ein Auto, das den Hügel runterkommt, macht Geräusche wie ein alter asthmatischer Mann. Es hält neben uns an. Es ist ein alter Citroën mit einer gekrümmten Motorhaube und aufgesteckten Scheinwerfern. Der Kopf eines Mannes lehnt sich aus dem offenen Fenster. Der Kopf ist weißhaarig, mit einer kleinen Kippah.
»Alles klar?«, fragt der Kopf. »Wohin wollt ihr, Kinder?«
Tenaya sieht mich an, und ich nicke. Wir wissen, wir sollten nicht in solche Autos steigen, aber wir sind betrunken, und dazu riecht das Auto nach Gras, was bedeutet, dass der Typ sich nicht besonders schnell bewegen kann, also können wir weglaufen, wenn er versucht, uns zu töten oder zu vergewaltigen. Tenaya sagt dem Kopf, wo sie wohnt.
»Supi«, sagt der Kopf. »Steigt ein.«
Ich muss auf dem Beifahrersitz sitzen, weil auf einem der Rücksitze ein Automotor liegt. Sobald wir im Auto sind, zündet sich der Mann einen Joint an und fährt los. Er fährt einige Minuten stumm, dreht dann den Kopf weg von der Straße und zu mir.
»Wie heißtn du?«, fragt er.
»Jasper«, sage ich.
»Schon mal 'ne Bar-Mizwa gehabt, Jaz?«

»Jasper«, sage ich. »Und: Nein. Meine Eltern sind Christen.«
»Da hast du Glück gehabt. Hockt man da und muss dieses superfette Scheißbuch vorlesen, vor allen Leuten. Einmal verlesen, und deine Eltern gucken gleich, als wollen sie dich auffressen. Bisschen wie erwischt werden, wenn man grade schön in die Socke reinwichst. Was für eine Kacke. Mach das nie, so ’ne Bar-Mizwa. Nicht dass ich die Wahl gehabt hätte.«
»Ist ja scheiße«, sage ich. Tenaya auf dem Rücksitz stößt ein Kichern aus. Der Jude merkt es nicht.
»Ja, Scheiße. Jüdisch sein ist zum Kotzen.«
Er zieht an seinem Joint. Seine Finger zucken. Der Jude beachtet die Straße nicht, nur seine Hände. Der Wagen weicht leicht ab, und der Vorderreifen nimmt den Bordstein mit, das Auto holpert. Im Spiegel kann ich sehen, wie sich Tenayas Mund öffnet. Der Jude schreckt hoch und hebt seinen Kopf. Er bleibt wieder eine ganze Weile stumm.
»Ich bin gar nich jüdisch. Nich wirklich. Wisst ihr, was ich bin?« Ich schüttle den Kopf. »Ich bin ein Jünger der heiligen Muschi.«
Ich sage wieder nichts. Tenaya lacht lauter.
»Hast du mal die Bibel gelesen, Jaz?«
»Nein.«
»Ich habe die Thora gelesen. Ich habe die Bibel gelesen. Ich habe den Koran gelesen. Ihr habt nix davon gelesen, oder wie?«
»Nein.«
»Das is alles nur ein paar Tausend Jahre Stille Post. Be-

kackte Verarschungspost. Hast du schon mal Stille Post in der Schule gespielt, Jaz?«

»Klar, ein paarmal.«

»Der Lehrer fängt immer mit einem ganz normalen Satz an, weißte? Dann gibt's ein paar Typen, die es ganz richtig verstehen, aber sie denken, es sei superwitzig, das ein bisschen abzuändern. Tun einmal ficken oder Schwanz oder Scheiße oder Schlampe dazu, ne?«

»Ja, ich erinnere mich.«

»Die Typen machen das, um cool zu sein. ›Ey, kennst du den, der das F-Wort im Stuhlkreis gebracht hat, Mann, der ist echt saucool.‹«

Ich nicke leidenschaftlich. Er gibt mir den Joint.

»Das is die Bibel, Jazzy. Die is nicht Gottes Wort. Is schon Gottes Wort, aber es ist ein paarmal Ficken und Schwanz und Scheiße reingeschlüpft. Nur dass die Bibel nicht Ficken oder Schwanz oder Scheiße sagt. Weißt du, was sie sagt?«

Ich antworte nicht. Ich kaue auf der dicken Luft. Der Marihuana-Rauch schwebt in winzigen Wolken zwischen unseren Köpfen.

»Sie sagt: ›Frauen, auf die Knie‹, und: ›Schwule sterben in der Hölle‹, und: ›Ihr dürft keine verfickten Kondome nehmen, Kinder‹, und: ›Wieso arbeitest du am Sabbat, Mum?‹«

Er starrt eine Zeitlang an die Decke. Ich mache mit. Die Decke. Die breiten braunen Ringe aus seinen Zigaretten sind in das Plastik eingegangen wie die Abdrücke großer Teetassen. Wir beobachten sie, bis das Auto wieder eiert. Der Jude deutet mir an, das Lenkrad zu nehmen, während er sich noch einen Joint dreht und anmacht. Ich höre ihn zu sich selbst flüstern: »Rauch sie, als wär sie deine Frau.«

»Hey, Jazzy.«

»Jep.«

»Willst du wissen, was Gottes Wort wirklich war?«

»Jep.«

»Er sagt: ›Fick die Schlampe in ihre Fotze, ey.‹«

Als wir bei Tenaya ankommen, sagen wir dem Juden Danke, er murmelt: »Keine Bar-Mizwa«, und gibt mir dann einen Joint. Er schüttelt Tenayas Hand und versucht, sie zu küssen, aber sie entzieht sich. Seine Augen zucken noch nicht mal. Er ist es wohl gewohnt, zurückgewiesen zu werden, denke ich.

Wir gehen direkt runter in den Keller von Tenayas Haus, und sie kocht Wasser für den Tee. Ihre Mum sitzt am Tisch mit einer Flasche Rotwein. Sie hat rote Schmierflecken um ihren Mund und Flecken auf ihrer Bluse, Kleckse, nah beieinander, wie ein Archipel nach einigen Jahren Krieg.

Tenaya sagt sie, ihr Vater sei ein Scheißkerl.

Zu mir sagt sie, ich sei ein guter Junge.

Im Bett legen Tenaya und ich uns so, dass unsere Wirbelsäulen gegeneinandergepresst werden. Sie passen nicht ganz ineinander, aber es fühlt sich gut an. Bevor wir einschlafen, erzählt sie mir, dass *Waldeinsamkeit* das deutsche Wort dafür ist, wenn du dich in einem Wald einsam fühlst.

22

Die Wände des Zimmers haben die Farbe von Benzin. Ein Junge in der Ecke trägt eine Holzkette und streichelt die Haare eines Mädchens ohne Gesicht. Grüne Zahlen rollen über den Boden.

»Nehmt euch besser in Acht vor denen«, sagt der Junge.

»Wieso?«

»Die Matrix«, sagt er. »Die Scheißmatrix.«

Ich hebe eine Vase vom Boden auf und werfe sie gegen die Wand. Sie zerbricht. Die Stücke fliegen durch den Raum.

»Pass doch auf«, sagt der Junge.

Ich nehme einen Kerzenhalter vom Kaminsims und werfe ihn auf den Jungen. Er trifft seinen Kopf. Blut läuft über seine Stirn, die Senken neben den Nasenflügeln, in seine Mundwinkel.

»Du bist ein krasser Psycho«, sagt er. Er nimmt die Hand des Mädchens und zieht sie zum Kamin. Sie laufen ins Dunkel.

»Nein«, rufe ich. »Nicht!«

Ich nehme gerahmte Bilder vom Couchtisch, auf denen nichts drauf ist, und werfe sie in den Kamin. Sie werden immer kleiner und verschwinden dann. Ich ziehe meine Hose aus und werfe sie in den Kamin. Ich werfe

meinen Pulli und mein T-Shirt und meine Socken hinterher.
»Nein«, sage ich. Ich rolle mich auf dem Teppich zu einer Kugel zusammen. »Nein.«
Eine schwarze Skimütze liegt auf dem Fenstersims. Auf die Rückseite ist ein Kreuz gemalt. Ich kann sie von meiner Kugel aus sehen. Ich stehe auf und ziehe sie an.
Ich verlasse das Haus.
Jonah ist im Garten. Ein Weizenfeld. Eine lachsfarbene Sonne, die Weite der Welt. Er hackt Holz mit einer Axt, die so groß ist wie sein Arm. Hinter ihm eine Blockhütte, halb fertig gebaut. Er hört nicht auf, als ich zu ihm komme.
»Was ist das bitte für ein Ding?«, fragt er.
»Welches Ding?«
»Das Ding auf deinem Kopf.«
Ich fahre mir mit den Händen über den Kopf.
»Eine Metapher«, sage ich. »Sie zeigt, wie sehr ich von Menschen umgeben sein kann und mich dennoch allein fühle und anonym.«
Ein Holzblock bricht. Die Hälften fliegen voneinander weg wie falsch gepolte Magnete.
»Nimm sie ab«, sagt Jonah. »Du siehst aus wie ein Idiot. Und geh wieder rein. Wenn du noch länger hier draußen bleibst, muss ich dir einen Sarg bauen.«
»Ich mag es drinnen aber nicht.«
»Dann steh vom Wohnzimmerboden auf.«
Ich drehe mich um und gehe wieder rein. Die Wände des Zimmers haben die Farbe von Tulpen. Der Boden des Zimmers ist aus Kunstrasen.

In der Küche klettert Tenaya aus einem Ofen. Sie krabbelt bis zu meinen Füßen und steht auf. Ihr Gesicht ist ganz nah an meinem.
»Nimm sie ab, Jasper«, sagt sie.
»Nein.«
»Nimm sie ab.«
»Nein.«
Sie greift mit beiden Händen nach der Skimütze und zieht sie ab. Ich stoße meine rechte Hand gegen ihren Kiefer. Er knackt. Sie fällt nach hinten auf das Linoleum. Ihr halbes Gesicht ist rot von Blut. Sie ist ein Bär, der sich mit Fisch vollgefressen und vollgesabbert hat. Wie eine Epileptikerin. Ihre Lippen sind so weit gedehnt, dass sie ihr Kinn und ihre Nase berühren.
»Was machst du?«, sagt sie.
»Ich bin Teil einer Traumszene«, rufe ich. »Für meinen Roman. Mein Roman. Das hier wird den Lesern einen Einblick geben in mein Innenleben. Und es wird das Buch länger machen.«
»Was machst du, Jasper?«
»Eine Traumszene«, rufe ich.
»Was machst du?«
»Traum«, rufe ich.
»Jasper?«
»Traum.«
»Jasper.«

Tenaya sitzt auf ihrer Seite des Bettes, stupst meine Schulter mit ihrem Ellbogen an. Ihre Haut ist kalt. Sie trägt das weiße Sommerkleid und hält zwei Tassen mit Tee.

»Morgen«, sagt sie.
Ich reibe meine Augen, lächle ihr dann zu. Ich will weinen, kann aber nicht.
»Morgen.«
Ich nehme den Tee, den sie mir reicht, und ziehe mich hoch, um mich hinzusetzen.
»Mum ist betrunken«, sagt sie. »Sie hat gesagt, dass Dad sich verpisst hat und nie zurückkommen wird.«
»Bist du okay?«
»Ich habe damit gerechnet, dass er geht. Wenn er geht, muss Mum wenigstens nicht mehr mit ihm streiten.«
»Sie könnte mit dir streiten.«
»Ich halte mich einfach von ihr fern.«
»Meinst du, dann wird es besser?«
»Keine Ahnung.«
»Okay.«

23

Es ist wichtig, die nächsten Prüfungen zu bestehen, und zwar aus mehreren Gründen:

– Damit Mum kein rotes Gesicht kriegt, ihre Stimme nicht laut wird und sie nicht aufhört, mir Geld zu geben, mit dem ich Bier und Drogen kaufen kann
– Damit ich ins nächste Schuljahr komme und mir noch ein Jahr länger keine Gedanken darum machen muss, einen Job zu kriegen und am richtigen Leben teilzunehmen
– Damit ich auf die Universität gehen kann und mir noch drei Jahre länger keine Gedanken darum machen muss, einen Job zu kriegen und am richtigen Leben teilzunehmen
– Damit Georgia Treely denkt, ich sei ein Mann, der es weit bringen kann und der gute, hart arbeitende Vater ihrer Kinder sein wird
– Damit Tenaya mich nicht schlägt

Ich liege in der Badewanne und denke darüber nach. In meinen Händen ein Philosophie- und Religionsbuch. Ich lese, dass manche Menschen an Gott glauben, weil ihnen die Jungfrau Maria erschien. Das Buch zeigt ein großes Bild der Jungfrau Maria in einem blauen Kleid und mit einem zufriedenen Gesichtsausdruck. Ich langweile mich. Im Buch steht, dass Menschen bei seelischer Belastung halluzinieren können. Ich frage mich, ob ich bald halluziniere bei der ganzen seelischen Belastung, die ich erleide, weil Keith ständig Mordpläne schmiedet. Ich hoffe, ich halluziniere dann, wie Georgia Treely mit einer Zahnbürste masturbiert.

Ich schlage das Schulbuch so um, dass nur noch das Bild der Jungfrau Maria zu sehen ist, und halte es in einer Hand. Ich lasse mich tiefer ins Wasser sinken und halte die Fotografie direkt über meinen Kopf. Ich hole sie noch näher an mein Gesicht, bis die Nase der Jungfrau Maria fast meine Nase berührt. Das Bild zittert in meiner Hand, als ich onaniere. Danach setze ich mich auf und schaue zu, wie mein Samen traurig in kleinen Inseln im Badewasser treibt.

Danach geht es in dem Buch um die Dreifaltigkeit. Es gibt keine Wichsvorlage auf den nächsten Seiten, also lese ich einfach nur so eine Weile. Die Dreifaltigkeit ist ein Schaubild: ein Dreieck, an dessen Ecken »Der Vater«, »Der Sohn« und »Der Heilige Geist« steht, in der Mitte außerdem »SIE ALLE SIND EINS!«. »Haile Selassie« war der Name eines äthiopischen Kaisers und bedeutet »die Macht der Dreifaltigkeit«. Die Rastafari glauben daran, dass er Jesus war. Sie stehen manchmal auf gegenüberliegenden Seiten der Copson Lane und rufen sich gegenseitig seinen Namen zu. Mum vermeidet es, an ihnen vorbeizugehen, weil sie glaubt, dass sie, wenn sie ihren verbrauchten Marihuana-Rauch einatmet, drogenabhängig werden und schließlich an einer Heroindosis

sterben wird, in einem Haus, in dem die Mauern voll mit toten Mäusen stecken.
Ich schamponiere und spüle mein Schamhaar und dann mein Kopfhaar, dann steige ich aus der Wanne. Ich lege mir ein Handtuch um die Hüfte und stecke es zusammen, so dass es hält. Mum steht vor der Badezimmertür, ihre Hände in den Hüften.
»Jasper«, sagt sie, »du bist über eine Stunde in der Badewanne gewesen.«
»Mum«, sage ich, »es ist illegal, Menschen zu verhören, die keine Kleider tragen.«
»Was hast du gemacht?«
Ich wedele mit dem Philosophie- und Religionsbuch vor ihrem Gesicht.
»Gelernt«, sage ich. »Ich werde dich wahnsinnig stolz machen, Mum.«
Sie gibt einen Laut wie mhhh von sich und drückt sich dann an mir vorbei ins Bad.
In meinem Zimmer lade ich einen serbischen Film runter, in dem es um einen Mann geht, der glaubt, seine Frau sei ein Gespenst, und ich schaue ihn mir an. In einer Szene haben sie Sex, und danach sagt er: »Für ein Gespenst, Baby, bist du verdammt gut«, und sie schlägt ihn und verlässt den Raum.
Als alles Blau im Himmel von den Wolken aufgesogen worden ist, sitze ich an meinem Schreibtisch und fange wieder an, an meinem Roman zu arbeiten. Ich mache mir Notizen über einen Mann, der eine Hütte im Wald baut, um dort Mädchen zu vergewaltigen. Nachdem er sie vergewaltigt hat, zerkleinert er ihre Körper mit ei-

nem Buttermesser in kleine Stücke, die er in Blätterteig einbackt, wie Würstchen im Schlafrock, und sie seiner schizophrenen Mutter füttert. Ich finde, es ist wichtig, über so was zu schreiben. Es ist wichtig, weil diese Dinge oft passieren, vor allem in Amerika. Vor allem Männer mit Schnurrbärten machen so was, Keith zum Beispiel.

Mögliche Romantitel:

Und die Bäume schwiegen
Steig ein, und ich mach dich berühmt
An der Eiche(l)
Nicht weit vom Stamm
Sexuelle Geh-Wald

Ich starre meine Hände eine Zeitlang an. Ich denke über alle schlimmen Dinge nach, die Menschen jemals getan haben. Mir geht auf, dass ich die Polizei werde anrufen müssen, um anonym Anzeige zu erstatten und ihnen zu sagen, was Keith getan hat. Margaret Clamwells Körper wurde wahrscheinlich zu tief vergraben, als dass ich ihn mit meinen bloßen Händen herausholen könnte. Wenn die Polizei vom Verbleib des Körpers erfährt, werden sie den ganzen Garten umgraben, gleich zweimal. Ich muss den Hinweis abgeben, bevor ich nach den Prüfungen zur Party in die Hütte fahre, denn wenn Mum das herausfindet, lässt sie mich nicht weg.
Carrie Waterman gibt morgen bei sich eine Party. Tenaya hat schon gesagt, dass sie nicht hinwill, weil sie lernen muss.

Ich beschließe, Jonah anzurufen und zu fragen, ob er geht.
Er nimmt nach zweimal Klingeln ab.
»Was geht?«, fragt er.
»Nicht viel, Langeweile hier. Gehst du morgen da hin?«
»Carrie?«
»Jep.«
»Nein, Mum sagt, ich soll hierbleiben.«
»Was? Wieso?«
»Weiß nicht. Der Papst ist im Fernsehen, glaube ich.«
»Der Papst? Was willst du denn noch von dem? Hat er nicht Kinder missbraucht oder so?«
»Nein, das waren irische Priester.«
»Katholische?«
»Ja.«
»Mum sagt, du bist, mit wem du dich abgibst.«
»Er hat sich längst entschuldigt.«
»Entschuldigungen haben noch niemandem das Arschloch geflickt.«
»Eher nicht.«
»Also kommst du nicht?«
»Geht nicht, Mann. Sorry.«
»Schon okay.«
»Nacht.«
»Ja.«
Ich lege auf.
Ich starre auf meinen Prüfungsplan, der am Korkbrett über meinem Schreibtisch hängt. Er sieht nicht besonders spannend aus.
Ich schaue alte Folgen von *QI* über den BBC-Stream. Ich

wünschte, Stephen Fry wäre nicht schwul, und meine Mum könnte ihn heiraten, und er könnte mir Sachen beibringen wie: Leute mit einem Boxhandschuh noch mehr verletzen als ohne. Das Einzige, was Keith mir beigebracht hat, ist ständige Aufmerksamkeit.
Um irgendwie das Lernen zu vermeiden, fülle ich einen langen Fragebogen auf Facebook aus. Man nennt so was Verschleppungstaktik.

1. *Dein/e Ex steht am Straßenrand, das Auto in Flammen, was machst du?*
können wir die masche abziehen, bei der man sich von jemandem trennt, dann aber danach noch einmal sex hat oder zweimal, bitte

2. *Deine beste Freundin erzählt dir, dass sie schwanger ist, wie reagierst du?*
du wirst eine sehr gute mutter sein. ich glaube an dich

3. *Wann wolltest du das letzte Mal jemandem ins Gesicht schlagen?*
das ist behindert

4. *Glückwunsch! Du hast gerade einen Sohn bekommen, wie heißt er?*
martin luther king

5. *Glückwunsch! Du hast gerade eine Tochter bekommen, wie heißt sie?*
simone olivia eimerarsch

6. *Wonach sehnst du dich jetzt gerade?*
nach einem ende des institutionalisierten rassismus

7. *Was ist deine liebste Stellung beim Sex?*
die »penis in scheide«-stellung

8. *Magst du saure Gurken?*
nein

9. *Was für eine Farbe hat dein Geschlechtsteil?*
haselnussbraun

10. *was ist in deiner tasche?*
hummus

11. *Wenn du genau jetzt einen Schwangerschaftstest machen müsstest, wäre er positiv oder negativ?*
schön wär's

12. *Hast du je jemanden auf Facebook geblockt?*
das hättest du nicht tun sollen

13. *Kennst du jemanden, der im Gefängnis sitzt?*
ja. nein. tut mir leid, das ist mir peinlich. das war wirklich wirklich kindisch. ich wollte das nicht mehr machen

+

Weil ich darüber grüble, was es für Folgen hat, wenn ich Keith in das Verschwinden des Mädchens verwickele, leide ich an Schlaflosigkeit. Es ist 3:46 Uhr. Das mache ich immer, wenn ich nicht schlafen kann: Schlafstörungen und Schlafentzug recherchieren. Hier einige Fakten zu Schlaflosigkeit:

– Bei Menschen mit Schlafstörungen ist keine höhere Sterblichkeit erwiesen. Es scheint sogar einen Anstieg der Lebenserwartung zu geben.
– Somniphobie ist die Angst vor Schlaf.
– Thai Ngoe ist ein Schlafloser aus Vietnam, der behauptet, seit dreiunddreißig Jahren ohne Schlaf auszukommen.
– Schlafentzug hat sich als mögliche Methode gegen Depressionen bewährt. Diese Methode nennt man Wachtherapie.

Ich habe versucht, die Wachtherapie auf mich selbst anzuwenden, als ich Meningitis hatte, aber ich bin irgendwann eingeschlafen.
Es ist 3:51 Uhr. Wenn ich um fünf nicht eingeschlafen bin, dann setze ich mich in den Tau draußen, trinke tassenweise starken, süßen Tee und schaue mir den Morgen an. Ich mag es sehr, morgens und abends draußen zu sein, ich finde, dass der Himmel dann viel kreativer im Umgang mit Farben ist. Zum Beispiel wird Grau dann manchmal ersetzt durch Fuchsienrot, Safrangelb, Lachsfarben oder andere Rottöne mit romantischen Namen.
Ich gehe auf www.girlsoncam.com, gebe meinen Nickname »Ebonylonghorn« ein und klicke auf »Raum betreten«.

Du: hi, babe
Candywife: hey, baby, wie geht's?
Du: bin geil, babe. du?
Candywife: geil auf dich, babe. gehen wir privat?

Nee.

Du: kannst du mir ein bisschen was von deinem körper zeigen, bevor wir privat gehen, babe?

Sie streckt sich auf ihrem Bett aus, damit ich ihren mittelmäßigen, mittelalten Körper sehen kann. Die Haut an ihren Schenkeln schlägt Wellen und ist pockennarbig, und ihr Bauch hängt wie eine dicke Scheibe Hühnchen von ihrer Hüfte herab. Sie ist ein Durchschnittsmodell in der Fick-deine-Mutter-Kategorie.

Du: mmmm
Candywife: ;]
Candywife: also privat?
Ich beschließe, dass ich gelangweilt bin. Ich werde sie mit der Hilfe von Wikipedia verunsichern. Ich werde Verwirrung in ihr fremdes und fernes Leben injizieren.

Du: was machst du, wenn wir privat gehen?
Candywife: alles, was du willst, bb
Du: deine zähne putzen?
Candywife: klar, babe, aber privat
Du: kannst du es bitte jetzt tun? ich will nicht in einer plaque-show enden!

Candywife: nur privat, babe
Du: einmal habe ich einem mädchen geld gezahlt, damit wir privat gehen, und sie wollte ihre zähne nicht putzen
Candywife: so bin ich nicht, babe
Du: das weiß ich ja nicht, also bitte
Candywife: na gut, na gut
Candywife: jetzt aber mal langsam privat

Candywife krabbelt widerwillig von ihrem Bett herunter. Sie trägt lilafarbene Unterwäsche und einen fleckigen braungrauen BH. Als sie sich bewegt, kann ich sehen, dass ihr Schamhaar unrasiert ist, es erstreckt sich an den Innenseiten ihrer Schenkel runter und den faltigen Halbmond hoch, die Senke zwischen ihren Pobacken.
Nach zwei Minuten kommt sie zurück und zeigt mir ihre pixeligen Zähne über die Webcam. Candywife denkt, dass sie ein Wolf in Schafskleidern ist. Sie denkt, ich sei Beute.

Du: babe, man soll drei minuten putzen
Candywife: was?
Du: eine minute für den unterkiefer, eine für den oberen, und die letzte minute ist da, um die plaque auf der rückseite der zähne zu beseitigen, das zahnfleisch oder die zunge zu bürsten

Pause.
Ich denke darüber nach, dass ihr Vater sie vielleicht schlagen wird, wenn sie kein Geld verdient. Ich denke darüber nach, dass seine Stimme wahrscheinlich wie ein Monsun

aus Schotter und Wodka klingt. Weil er nicht weiß, was er anderes tun soll. Ich weiß nicht, was ich anderes tun soll. Ich bin heute nicht besonders sensibel.

Candywife: gehen wir privat
Du: du hast deine zähne nicht ordentlich geputzt
Candywife: ich hab gemacht, was du gesagt hast
Du: ich passe nur auf dich auf
Du: fäulnis kann bei einem zahn ein loch verursachen. wenn der faulprozess nicht aufgehalten wird, können entzündungen des zahnmarks in der kammer entstehen, die zu einer nekrose führen, und nekrose kann, wenn sie nicht behandelt wird, den kieferknochen befallen
Du: das ist wahr, ich lese das gerade hier
Du: bei wikipedia
Du: also ist es definitiv wahr
Du: und wenn du einen wackeligen kiefer hast, wird niemand mit dir privat gehen wollen

Pause.

Candywife: bitte komm privat

Ich schaue fasziniert auf meinen Bildschirm, als eine einzige Träne ihre Wange herunterrinnt. Sie neigt ihren Kopf nach unten. Candywife hat bleiche, blondierte Haare mit schwachen, kupferroten Wurzeln. Ich frage mich, ob sie weiß, dass das Geräusch des Weinens bei Müttern von Neugeborenen den »Milchspendereflex« auslösen kann. Wenn ich daran denke, stelle ich mir

Mum vor, kurz nachdem sie mich bekommen hat, wie sie einen Film mit Dad sieht. Im Film schreit ein Baby, weil Goblins sich um sein Kinderbett versammelt haben und tanzen. Milch tröpfelt aus Mums Brustwarzen und durchnässt ihr T-Shirt. Deshalb will Dad mit ihr Sex haben, doch gerade da fange ich an zu schreien, also geht es nicht. Sorry, Dad.

Du: klopfklopf
Candywife: was
Du: klopfklopf
Candywife: wer ist da?
Du: logo
Candywife: logo wer
Du: logout

Ich logge mich aus.
Es ist 4:06 Uhr. In vierundfünfzig Minuten gibt es kein Zurück mehr.
Das Beste wäre, ich würde im Schuppen an meinem Roman arbeiten. Im Schuppen kann ich mir die Motivation des Vergewaltigers sicher besser vorstellen.
Ich schleiche mich langsam in den Garten, nur in Boxershorts und in eine Decke gehüllt. Ich habe Angst, dass Keith aufwacht und mich mit einem Spaten oder einem anderen stumpfen Gartengerät tötet, dann unter dem Apfelbaum begräbt, neben Margaret Clamwell und all den anderen Opfern, über die ich auch noch alles herausfinden werde. Margaret Clamwell verrottet sicher schon längst. Das ist die zweite Stufe der Zersetzung, wenn das

Abdomen durch bakterielle Aktivität grün wird, die Gase sich erwärmen und Flüssigkeiten und Fäkalien aus dem Körper drücken. So weit bin ich noch nicht. Wenn ich Keith sehe, werde ich mit ihm kämpfen. Ich werde ihm meinen Kugelschreiber ins Auge hauen und innendrin mehrfach draufdrücken. So was nennt man »dem Ganzen noch eins draufsetzen«. Meine E-Mail an Abby Hall fällt in dieselbe Kategorie.

Unter der Decke im Schuppen, mit meinem Telefon als Taschenlampe, kaue ich am Ende meines Stiftes herum, bis er einem Tier gleicht, das überfahren wurde. Ich kann nicht schreiben. Ich versuche mich zu erinnern und so viele verschiedene Mr-Men-Figuren zu zeichnen, wie ich kann. Ich schaffe vier. Ich schlafe ein.

24

In der Prüfungsphase muss ich jeden Tag Lernpläne schreiben und sie an den Kühlschrank heften. An den meisten Tagen wache ich um die Mittagszeit auf, schaue mir eine Weile vom Bett aus die Zimmerdecke an, dann gehe ich runter. Ich esse Weetabix und rauche und schreibe einen Zeitplan, um Mum glücklich zu machen. Normalerweise bin ich dann noch sehr müde, deshalb schreibe ich nur:

7:00 Uhr – aufwachen
Den ganzen Tag – lernen
23:00 Uhr – schlafen

Danach schiebe ich die Magnetwörter am Kühlschrank herum und versuche, positiv klingende Sätze hinzubekommen, damit Mum optimistisch in die Zukunft ihres einzigen Sohnes blickt.

ich bin ein glücklich liebe mann baum und rot
mann liebe
glücklich baum mann und ich
bin ich ein mann

Die Prüfungen sind entweder am frühen Morgen oder am Nachmittag. Bei den Nachmittagsprüfungen stehe ich mittags auf und esse, dann gehe ich zur Schule. Bei den Morgenprüfungen wache ich um sieben auf, dann gehe ich zur Schule, dann gehe ich zu Tenaya zum Tee. Manchmal, wenn ich bei ihr zu Hause bin, versucht sie, mich in ihrer Anwesenheit zum Lernen zu bringen. Ihr Gesicht nimmt komische Formen an, und sie sagt, sie möchte, dass ich gut abschneide. Irgendwann wird Tenaya mal eine sehr gute Mutter sein.
Meine Tischnummer in der Schule ist 86. Das heißt: fast ganz vorn. Oscar Chao sitzt neben mir. In den zwei Monaten trägt er jedes Mal, wenn ich ihn in einer Prüfung sehe, dieselben Socken. Sie sind lila mit gelben Blitzen drauf. Das sind seine Glückssocken, schätze ich. Ich weiß nicht warum. Vielleicht hat er seine Jungfräulichkeit in ihnen verloren, an ein Mädchen, das Katalogmodel war. Ich habe keine Glückssocken. Ich habe das überwältigende Gefühl, dass mir ein großes Scheitern droht.

+

Meine entspannte, stressfreie Prüfungsroutine wird nur einmal unterbrochen, durch einen Telefonanruf, der folgendermaßen abläuft:

»Jasper?«
»Wer ist da?«
»Abby.«
»Oh. Hi, Abby.«

»Ich bin zwei Wochen über meiner Periode, Jasper.«
»DANN GIB DIR MAL EIN BISSCHEN MÜHE MIT DER SCHEISSE!«
Tränen (nicht meine).
»Ich glaube, ich bin schwanger, Jasper.«
»Tut mir leid, ich glaube, Sie haben sich verwählt.«
»Jasper, bitte.«
»WAS DENN?«
»Ich glaube, ich bin schwanger, Jasper.«
»DANN LASS NE SCHEISSABTREIBUNG MACHEN, SOFORT!«

Ich lege auf.
Ich bin unsensibel und gemein.
Ich habe Angst.
Es darf auf gar keinen Fall eine Möglichkeit geben, dass Abby Hall den Georgia-Plan mit ihrem kranken kleinen Baby kaputt macht.
Fuck. Fuck. Fuck.

25

15:29 Uhr. Ich sitze in Julias Büro und denke daran, wie ich das erste Mal bei Julia war. Und versuche, nicht an Babys oder Vaterschaft zu denken. In meinem Kopf ist es Sommer 2009. Erinnerung als Flucht. Tenaya und ich sitzen auf einer kleinen Ziegelmauer unten am Ende der Straße. Wir drehen uns Zigaretten. Eigentlich müssten wir für unsere Übungsklausuren lernen.

Auf der einen Seite der Mauer ist der Vorgarten der Chestnut Crescent Nummer 46. Auf der anderen Seite ist der Bürgersteig, der auf die Ivythorne Road trifft.

Wir schauen die Sonne an.

»Jasper?«, fragt Tenaya.

»Ja.«

»Irgendwann werden wir alt.«

Wir schauen uns die Sonne noch ein bisschen an. Sie schmilzt und formt Seen auf Beton, Gras und Ziegeln.

»Ja, bestimmt. Es sei denn, wir werden ermordet oder infizieren uns mit AIDS oder werden von Bussen überfahren oder beschließen, unsere Leben wegen unerträglichem Gefühlschaos zu beenden.«

»Aber statistisch gesehen sind wir wahrscheinlich irgendwann alt.«

»Ja«, sage ich, »wahrscheinlich.«

»Das heißt heiraten und Kinder kriegen.«
»Statistisch gesehen.«
»Ja, aber ich will keine Kinder.«
»Und?«
»Na, wahrscheinlich will ich Kinder haben, wenn ich alt bin, oder?«
»Ich vermute schon.«
Sie wirft ihre Zigarette in den Garten und legt ihren Kopf in eine Wiege, die sie mit ihren Händen formt.
»Heißt das, ich bin dann ein anderer Mensch?«
»Nein.«
»Doch, tut es.«
»Nein, tut es nicht.«
»Aber ich werde anders denken.«
»Menschen sind launisch.«
»Ich will kein anderer Mensch sein.«
»Wieso nicht?«
»Ich weiß nicht.«
Ich zwicke sie.
»So«, sage ich, »jetzt bist du ein – «
Mum kommt um die Ecke geschlendert und telefoniert wütend mit jemandem durch ihr blaues Plastik-Freisprechding. Sie sieht uns nicht sofort, weil ihre Augen an der neuen, in Schwarzarbeit gebauten Einfahrt von Nummer 32 hängenbleiben.
Tenaya packt mich am Kragen, runter von der Mauer und in den Garten von Nummer 46.
Das war der Moment, als ich auf die Katze fiel.
Es braucht außergewöhnlich viel Zeit, bis einer von uns beiden erkennt, was passiert ist. Die Katze stößt eine Art

atemlosen Schrei aus. Sie liegt wirklich platt unter mir, als wären wir in einer Szene aus *Tom und Jerry*.

Ich muss auf der Katze liegen bleiben, bis Mum um die Ecke verschwunden ist. Bis dahin hat sie nur noch wenige Muskeln übrig, mit denen sie irgendwie Widerstand leisten kann. Dann stehen Tenaya und ich um die Katze herum und schauen auf sie herunter, ein Paar unerfahrener junger Götter, denen ein bisschen mulmig ist.

»Fuck, mach sie tot«, sagt Tenaya.

Sie erwartet von mir immer, dass ich aktiv werde, weil ich ein Junge bin.

»Ich will sie nicht töten, mach du sie doch tot.«

»Du bist der, der sie erdrückt hat.«

»Du bist die, die Katzen mag«, sage ich, nicht wirklich überzeugt von dieser Gegenwehr.

»Was?!«

Ich schaue runter auf die Katze. Ihre Augen sind aus dem kleinen Schädel gedrückt worden. Sie zuckt krampfartig, wie ein Epileptiker. Ich frage mich, ob sie sich dessen bewusst ist.

»Scheiße, mach sie tot!«, ruft Tenaya.

Aus Panik und einem aggressiven schlechten Gewissen heraus, entscheide ich mich für eine bedauerlich grobe Form der Euthanasie. Ich trete den Kopf der Katze gegen die Mauer – fest. Die Folge ist ein kleines Feuerwerk, Schneisen aus Gehirn und Blut. Vor allem mein rechter Schuh ist neu gemustert.

Weil die Zeit schon so lange Zeit existiert, ist ihr oft langweilig. Um die Langeweile kurz loszuwerden, mag die Zeit es, höchst unwahrscheinliche Ketten von Ereignissen zu konstruieren. Wenn die Ereignisse romantischer Natur sind, nennt man das Schicksal; und wenn die Ereignisse eher schlimm sind, nennt man das unglücklicher Zufall.

Es folgt ein unglücklicher Zufall, weil der kahle Mann mit Altersflecken aus Nummer 46 aus seinem Haus herauskommt, direkt, nachdem ich der Katze den Todesstoß mit meinem Stiefel gegeben habe. Es kleben noch Hirnstückchen dran.

Wir kriegen Panik.

Wir rennen, auch wenn es nichts bringt, denn er kennt meine Mum. Ich schätze, wir wollten der Konfrontation aus dem Weg gehen. Es gab noch genug Konfrontation mit Mum, nur mit Keith nicht. Keith tendiert dazu, Konfrontationen aus dem Weg zu gehen. Immer wenn sich ein Streit anbahnt, sagt er: »Lass uns drauf einigen, dass wir uns nicht einigen können.« Ich frage mich, wie er seinen Fall vor Gericht darlegen will. Wahrscheinlich, indem er eine Knarre in der Hand hält, die Krokodilstränen abfeuert, und mit einem Schlips, auf dem »Ein guter Christ« steht.

Am Ende sagte Mum: »Du bist ein eiskalter Psycho«, und ich sagte: »Es war ein Unfall«, und Keith sagte: »Lass uns drauf einigen, dass wir uns nicht einigen können«, und dann bekam ich Julia aufgebrummt. Wo ich jetzt gerade bin.

Julia hat heute ein fröhlicheres Gesicht als sonst. Vielleicht hat jemand beschlossen, sie zu lieben. Vielleicht hat sie einen Freund, der Marathon läuft und sie Julie-

Bonbon nennt. Vielleicht sitzen sie abends zusammen, trinken billigen Wein und schauen Filme mit Hugh Grant.
Ich denke darüber nach, wie ich einen Rat zu Abby Halls Baby aus Julia herauskriegen kann. Julia wird mich wahrscheinlich dazu überreden wollen, Vater zu werden. Ich werde Abbys hässliches Kind an den Wochenenden in einem McDonald's an der Autobahn treffen, weil es mir zu peinlich sein wird, es in einem McDonald's in der Stadt zu treffen. Das Kind wird versuchen, Geld aus mir herauszupressen. Ich werde es bitten, mich in Ruhe zu lassen.
Das Licht in Julias Zimmer leuchtet heute wie das Meer am Morgen in den Augen trauriger Seefahrer. Das ist eine schlechte Metapher, die bedeutet, dass zwar Licht da ist, aber ganz ohne Wärme. Es ist grauweiß und fällt in verzerrten Formen auf den Teppich. Julia lässt ihren Kuli klicken und schaut mich erwartungsvoll an. Sie hat mich nach Tabitha Mowai gefragt.
»Ich war traurig«, sage ich.
Ich erinnere mich, dass Julia mich für rassistisch hält. Manchmal, wenn man zu viel Lügen erzählt, rotten sie sich zusammen und schikanieren dich, indem sich eine hinter dich hockt und die andere dich über sie drüberschubst. Genau das machen meine Lügen jetzt.
»Wirklich?«, fragt Julia.
»Ja«, sage ich. »Ich bin nicht wirklich rassistisch. Tut mir leid.«
Julia lächelt. »Ich weiß.«
»Was?«

»Ich weiß, dass du kein Rassist bist, Jasper. Du bist ein guter Junge. Du lässt nur deiner Fantasie manchmal zu viel freien Lauf.«

Ich starre Julia eine Zeitlang mit offenem Mund an. Ich frage mich, ob sie bisher irgendeinen klugen psychologischen Trick angewendet hat, bei dem sie sich total dämlich gestellt hat, wenn ich zu ihr kam. Vielleicht ist sie eine extrem kluge Frau, die mich mit einem idiotensicheren Repertoire von Verführungstechniken ausstatten könnte.

»Ähm«, sage ich.

»Was zählt«, erklärt Julia, »ist, dass du langsam da rauswächst. Es schien wahrscheinlich, dass das passieren würde, und es ist passiert. Deine Mum wollte nur, dass du herkommst, damit wir sicher sein können.«

»Aber ich bin definitiv schwul«, sage ich. »Und Sebastian gibt es wirklich.«

Julia lächelt wieder.

Sie steht auf, geht um den Schreibtisch herum und beugt sich herunter, um mich kurz zu umarmen. Ihr Haar reibt an meinem Gesicht. Es riecht nach Mango.

»Ich denke, das ist das letzte Mal, dass wir uns gesehen haben«, sagt Julia.

Und so ist es.

TEIL 3

REGENZEIT UND RINDVIEH

26

0:52 Uhr. Ich liege im Bett. Radio 4 läuft. Ich höre den Seewetterbericht. Der Seewetterbericht ist eine extrem gemütliche Decke. Wenn diese Vorhersagen während der Schlacht an der Somme gelaufen wären, hätte jeder sein Gewehr fallen lassen und wäre in seinen Schlafsack gekrochen, um bis zum Morgen über die Stellung der Sterne zu sprechen.

Viking Nord Utsira Süd Utsira Südost

Vor dem Seewetterbericht spielen sie Sailing Away, danach die Nationalhymne. Manchmal, wenn ich betrunken bin, setze ich mich im Bett auf und singe die Nationalhymne mit, wobei ich versuche mir vorzustellen, wie es wäre, aufrichtig daran zu glauben, dass man stolz sein kann, an einem bestimmten Ort zu einer bestimmten Zeit geboren zu sein.
Sex mit einem Mädchen, der länger als sieben Minuten dauert, ist etwas, worauf man stolz sein kann. Britisch zu sein eher nicht.

Vier bis fünf, zunehmend sechs bis sieben, Südwest drehend fünf bis sechs

Die Briten schauen sich Spendenaufrufe für äthiopische AIDS-Waisen im Fernsehen an und erzählen sich gegenseitig, dass es sie traurig macht. Sie nennen es eine Schande, dass manche Menschen vor Hunger sterben. Manchmal nehmen sie das Telefon und überweisen drei Pfund pro Monat auf ein anderes Konto.

Gelegentlicher Niederschlag, heftig

Niemand möchte allerdings, dass die äthiopischen AIDS-Waisen alle nach Großbritannien kommen. Dieses Land gehört uns. Und die Fernseher. Und die Schuhe. Und der Braten am Abend. Ich schätze, wir würden anders handeln, wenn wir alle Äthiopier wären. Ich schätze, wir würden nicht sagen: »Niemand darf in unser Land. Es gehört uns. Und das Dreckwasser. Und die Wasserbäuche. Und AIDS.«

Nebelfelder, die sich zunehmend auflösen

Ich schaue zur Decke. Mein Kopf ist voll mit Matrosen auf einem riesigen Öltanker, um ihr Radio gedrängt, gierig dabei, Captain Morgan's zu saufen. Sie sind allein mitten auf dem Meer. Nebelwolken ziehen an einem Pusteblumenmond vorbei. Später, in ihren Hängematten, sprechen sie darüber, wie sie ihre Frauen und Kinder vermissen. Im Schlaf werden sie hin- und herschwingen, durch den Wind, Stärke sechs oder sieben.
Ich bin schläfrig. Ich versuche, an die Matrosen zu denken und nicht an Abby Halls Fötus. Ich habe beschlos-

sen, niemandem von dem Baby zu erzählen. Ich habe beschlossen, nicht an das Baby zu denken. Ich habe beschlossen, falls nötig, werde ich sie erpressen, um sie zu einer Abtreibung zu kriegen.

Lass es abtreiben, Abby, oder ich vergifte deinen Hund.

Geh schlafen. Hör auf, an Abby Halls Baby zu denken. Wenn du nicht daran denkst, wird es verschwinden. Abby Hall ist eine Schlampe. Das Baby ist nicht deins. Welches Baby? Ja genau!

Mein Handy vibriert. Tenaya. *Jasper, ich bin betrunken und ich bin allein und ich will mit dir sprechen.* Ich stelle mir Tenaya vor, wie sie in der Küche steht, der Dampf aus einer Teetasse zwischen ihren Händen, ein Haufen Paracetamol auf dem Tisch vor ihr. Ich schreibe zurück: *Brücke, 15 Minuten.* Ich opfere meinen Schlaf für ihre Arme. Mum und Keith sind schon um zehn ins Bett. Sie dürften längst in den öden Vorortwäldern ihrer Träume umherirren. Ich ziehe meine Jeans und einen grauen Hoodie an. Ich nehme etwas Geld aus der DoctorWho-Spardose neben meinem Bett, stecke es in meine Tasche und schleiche die Stufen runter wie ein Ninja. Die Tür ist auf meiner Seite. Sie schließt sich sehr leise hinter mir.

Die Nacht draußen ist unterkühlt und herzlos. Sie ist ein großes Tuch. Es bedeckt mich und Tenaya und Abby Hall, ihren Fötus und die Matrosen in ihren Hängematten und deren abwesende Frauen und das Meer, das sie inzwischen hassen. Ich gehe in Hochgeschwindigkeit unsere Straße runter, vorbei an den Reihen von Ahorn, die in Löcher im Bürgersteig gepflanzt wurden und die die Nacht nun verdeckt. Silhouettensex in Fensterrahmen.

Bei Harry Shopper streiche ich mein Haar glatt, atme ein und gehe rein. Eine Frau mit traurigen Augen liest ein pinkfarbenes Paperback am Schalter. Ich schreite zur Kasse. Selbstvertrauen ist der Schlüssel zum Erfolg.
»Zwei Flaschen von Ihrem billigsten Weißwein«, sage ich.
Sie schaut an mir runter und wieder rauf. Sie nimmt zwei Flaschen aus dem Regal hinter ihr und stellt sie auf den Schalter.
»Hast du 'nen Ausweis?«, fragt sie.
»Ausweis?«, rufe ich. »AUSWEIS?« Lauter. »Ich bin fünfundzwanzig Jahre alt, verdammt nochmal. Mann, ich hab ein fünfjähriges Kind und alles.« Mir wird schlecht, in fünf Jahren könnte das sogar die Wahrheit sein. Außerdem hab ich leichte Schuldgefühle, aber ich muss Tenaya retten.
Sie seufzt. »Okay«, sagt sie und nimmt mein Geld. »Du hast nix mit der Polizei zu tun, oder?«
»Absolut nicht«, sage ich und nehme eine Weinflasche in jede Hand. »Aber es tut mir leid, dass ich so laut geworden bin.«
Ich laufe mit den Flaschen in den Händen zur Autobahnbrücke. Tenaya sitzt schon am höchsten Punkt, im Schneidersitz, von der Stadt abgewandt. Ich falle neben sie und reiche ihr eine Flasche. Sie atmet einen großen Zweig aus Rauch in die Nacht.
»Danke, Jasper«, sagt sie.
Ich zünde eine Zigarette an.
»Schon okay. Geht's dir gut?«
»Ich weiß nicht.«

»Das kann ja nicht ewig dauern.«
»Ich weiß.«

Ich schaue runter, unter uns die Streifen der Vorder- und der Schlusslichter, rote und weiße Flüsse. Die Straßenlaterne über uns bedeckt unsere Beine mit einem orangenen Schein. Alles strömt an uns vorbei. Ich fühle mich, als ständen Tenaya und ich Schulter an Schulter am Ende der Welt und schauten auf das alles hinunter.
»Also«, sage ich, »worüber wolltest du sprechen?«
»Ich wollte über nichts sprechen.«
»Du hast gesagt, du willst mit mir sprechen.«
Tenaya legt ihren Kopf auf meine Schulter. Ich kippe was von dem Wein runter. Ich verstehe sie nicht. Ich verstehe nur, dass sie traurig ist und dass ich ihr helfen will. Ich habe nicht die nötigen Werkzeuge, um ihre emotionale Schieflage in Ordnung zu bringen.
»Du musst gar nichts sagen«, sagt sie. »Wir können einfach hier sitzen.«
Ich werde Tenaya nichts von Abby Halls Gebärmutter erzählen. Ich will sie nicht mit meinem Baby belasten. Mein Baby. Baby. Ich werde definitiv kein Vater werden. Lass es abtreiben, Abby, oder ich werde dem *Hello!*-Magazin erzählen, dass du die heimliche Tochter von Michael Jackson bist.
Ein Mann fährt auf den Seitenstreifen. Er steigt aus dem Auto. Er drückt sein Handy gegen sein Ohr. Er hält es zwischen seine Schulter und seine Wange gepresst, dann steckt er eine Zigarette in seinen Mund und zündet sie an. Tenaya rülpst leise. Der Mann geht auf und ab und macht

verzweifelte Gesten mit den Händen, während er ins Telefon spricht. Es ist Tony Blair. Seine Hände sind Waffen.
»Er spricht mit seiner Frau«, sagt Tenaya. »Er sagt ihr, dass er es nicht mehr aushält und nicht zurückkehren wird.«
»Er spricht mit seinem Chef«, sage ich. »Er hat ihn einen Bastard genannt und ihm gesagt, dass er sich ficken soll.«
»Er hat sich auf eine Zeitungsanzeige gemeldet, in der es um flüchtigen homosexuellen Geschlechtsverkehr geht.«
»Er sagt seiner Tochter, dass er sie ficken will.«
»Toll, Jasper.«
»Sorry.«
Wir stehen auf und lehnen uns über das Geländer. Der Mann hält sein Telefon in seiner ausgestreckten Hand. Er starrt darauf, als wäre es ein zerrissener Anus.
»Sieht aus, als hätte er die Nachricht bekommen, dass jemand tot ist oder so«, sagt Tenaya.
»Ja.«
»Er wirkt traurig.«
»Wenn du sterben würdest, würde etwas Großes in Flammen aufgehen. Die Schule oder der Dom.«
»Danke, Jasper.«
Ich setze mich wieder hin. Tenaya auch. Wir zünden uns noch zwei Zigaretten an.
»Ich werde Georgia Treely in Devon verführen«, sage ich.
»Und wie?«
»Jedenfalls nicht mit Rohypnol.«
»Wie nett.«
»Mit meinem verwegenen guten Aussehen und Esprit.«
Tenaya lacht.

»Was?«, frage ich.
»Nichts.«
Kleine weiße Hügel schnellen aus Tenayas Armen empor. Ihr ist kalt. Der Wind wacht gerade auf. Er ist ein nächtlicher Sprinter.
»Bist du okay?«
»Schon besser, danke.«
Wir trinken unsere Weinflaschen aus, werfen sie kaputt und laufen zurück in die Vorstadt.

27

Meine letzte Prüfung ist die zweite Psychologieklausur, die um 9:15 Uhr anfing. Jetzt ist es 10:30 Uhr. Ich bin schon fertig und schaue mich im Raum um. Georgia Treely ist vor zehn Minuten fertig geworden, aber sie geht ihre Klausur immer wieder durch. Ich hoffe, sie schneidet gut ab. Sie wird auf jeden Fall sehr gut abschneiden. Irgendwann wird sie eine umgebaute Scheune irgendwo in den Midlands haben, wo Teenagemädchen Poster von David Cameron an die Wand kleben. Jonah hat vor einer halben Stunde aufgehört zu schreiben, und nun malt er Penisse mit Gesichtern hinten auf die Blätter.

Endlich sagt man uns, dass wir die Stifte aus der Hand legen und den Raum verlassen sollen. Alle jubeln, außer Oscar Chao, der am Nachmittag noch eine Chinesischprüfung hat. Die Klausuraufsicht läuft lila an und ruft, dass wir immer noch unter Prüfungsbedingungen stehen und keinen Lärm machen dürfen, bis wir den Prüfungsort verlassen haben. Alle jubeln wieder und beeilen sich, rauszukommen.

Tenaya steht vor dem Schultor und wartet auf mich. Sie hält zwei Zigaretten. Eine für mich, eine für sie. Ihre letzte Prüfung war Geschichte, vor zwei Tagen schon.

»Wie war es?«, fragt sie. Wir setzen uns in Bewegung

Richtung Yellow Pony. Das ist ein Pub, der vor allem von alten Männern bevölkert wird, aber wir gehen hin, weil man dort nie nach dem Ausweis gefragt wird.
»Es war okay«, sage ich ihr. »Ganz gut, glaube ich.«
»Es wäre besser für dich, wenn du bestanden hast, Jasper.«
»Ich weiß.«
»Denn wenn nicht, reiß ich dir den Schwanz ab.«
Ich grinse. »Okay.«
Sie boxt meinen Arm.
Ich frage mich, wie sie mich dafür bestrafen wird, dass Abby Hall von mir schwanger ist.
Nicht schwanger.
Ganz sicher nicht schwanger.
Jonah sitzt schon im Yellow Pony, hinter einem Bier und über einem Murakami-Roman. Ich verstehe Jonah nicht besonders gut, aber ich verstehe, warum er Murakami liest. Murakami schafft es immer, dass ich mich sicher fühle und positiv. Ich wünschte, Murakami wäre mein Stiefvater. Murakami würde meine Mutter nie ermorden.
»Morgen«, sagt Jonah. Tenaya geht rüber zur Bar und holt uns Drinks. »Wie war die Prüfung?«
»Großartig«, sage ich. »Wann gehen wir morgen da hin?«
Ich stelle mir vor, wie ich morgens aufwache und nach unten gehe, wo ich Haruki Murakami vorfinde, wie er an unserem Küchentisch Kaffee trinkt und den *Guardian* liest.
»Keine Ahnung. Komm so gegen vier vorbei, würde ich sagen.«
Also, Dad, woran arbeitest du denn gerade so?

»Wen nimmst du noch mit? Tenaya fährt mit Ping und Ana, weil sie länger zu Hause bleiben muss, wegen irgendeiner Familiensache.«

Murakami würde mich nicht mit so jovialen Namen anreden.

»Scheiße, ja. Hab ich ganz vergessen dir zu sagen. Ich hab zwei Mädels für uns. Wir nehmen die mit.«

»Was? Wer?«

»Susan Pilkington und Jenna Slater«, sagt er.

Die Namen kenne ich. Das sind Mädels aus dem Jahr unter uns. Ich kann mich an ihre Gesichter erinnern. Ganz gut sogar.

»Ziemlich heiß«, sage ich.

»Ja«, sagt er, »auf jeden Fall.«

Tenaya kommt wieder rüber und stellt mir ein Newcastle hin und sich ein Carling. Sie deutet mit dem Kopf auf das Buch auf dem Tisch.

»Ist das das, wo er erst mit seiner Schwester fickt und dann mit seiner Mutter?«, fragt sie.

»Aber er fickt seine Schwester nur im Traum«, sage ich.

»Okay«, sagt Jonah. »Macht es mir nicht kaputt, ja?«

Murakami wäre auf jeden Fall ein sehr guter Ersatzstiefvater.

28

Ich wache um zwölf Uhr auf und gehe runter. Mum und Keith arbeiten beide. Ich reiße den Lernplan vom Kühlschrank und schmeiße ihn in den Müll. Wie ich hier so stehe, in Boxershorts und mit meinen Wangen, die die Sonne reflektieren, fühle ich mich sicher und okay. Die Party heute Abend wird gut werden. Georgia Treely wird dort sein. Mach dich bereit, verführt zu werden, Georgia Treely.

Aber erst muss ich noch was erledigen.

Auf dem weißen Ledersofa im Wohnzimmer nehme ich das Telefon. Ich tippe 1–4–1 ein, um meine Nummer zu unterdrücken, und dann wähle ich die Nummer der Polizei. Eine Frau nimmt ab.

»West Midlands Police, wie kann ich Ihnen helfen?«, fragt sie.

»Hallo«, sage ich, »ich würde gern einen anonymen Hinweis abgeben, bitte.«

»Okay, worum geht es?«

Die Frau streckt das O in Okay so lang, bis es die Form eines Rugbyballs hat.

»Um Mord.«

»Mord?«

»Ja«, sage ich. »Ich weiß, wer dieses Mädchen umgebracht hat, das letzte Woche starb, und derselbe Mann hat auch eine Frau namens Margaret Clamwell getötet, und er plant weitere Morde.«

»Okay«, sagt die Frau. Sie streckt das O wieder so lang. »Und welche Beweise haben Sie?«

»Sehr viele«, versichere ich ihr. Dann sage ich ihr ganz schnell meine Adresse und lege auf.

Ich gehe rauf.

Ich stehe vor dem Badezimmerspiegel, im Begriff, mich auf Georgia Treelys Verführung vorzubereiten. Der Georgia-Plan. Soll ich mir Gel ins Haar tun? Ist Gel schwul?

Menschen, die Gel im Haar haben:

Robert Pattinson in *Twilight*
Hugh Grant in *Bridget Jones – Schokolade zum Frühstück*
Neo in *The Matrix*

Ja, ich sollte in jedem Fall Gel tragen.

Ich teile mein Haar in glänzende Wellen und gehe nah an den Spiegel ran.

»Was für ein großartiges Gesicht«, sage ich.

Ich gehe noch näher an den Spiegel heran.

»Was für ein großartiges Gesicht«, sage ich wieder, diesmal lauter.

Ich bin immer noch nicht überzeugt.

Ich fahre mit den Händen über meinen Unterkiefer. Er fühlt sich kratzig an. Das Rasierprogramm: einmal alle zwei Wochen. Soll ich die Stoppeln früher als gewöhn-

lich entfernen? Ich beschließe, sie so zu lassen. Sie machen mich reifer. Georgia Treely wird darauf hereinfallen und denken, dass ich ein richtiger menschlicher Mann bin. Alles, was ich wirklich bin, ist schlau.
Ein Pickel sitzt in meiner linken Augenbraue. Er ist vollkommen rund und gelb. Er schmiegt sich an die Haare an wie ein kleines Kind, das sich im Wald versteckt. Ich drücke den Eiter aus und trage die Trophäe in mein Zimmer, auf der Spitze meines rechten Zeigefingers. Ich schmiere ihn auf den kleinen, sternenförmigen Spiegel in meinem Zimmer. Wann immer es ging, habe ich solche Trophäen auf diesem Spiegel ausgestellt, seit ich fünfzehn war. In langen schmierigen Streifen fliegen sie auseinander, in seltsamen Winkeln verwischt, wie ein langweiliges Feuerwerk, das sich in einem metallenen See spiegelt. Ein Stück zeitgenössischer Kunst. Bald wird Charles Saatchi versuchen, mir diesen Spiegel abzukaufen. Er wird mir ein Angebot machen, das ich nicht abschlagen kann.

+

Als ich gegen vier bei Jonah bin, schläft er noch. Die Tür ist offen, also gehe ich rein. Oben ziehe ich ihm seine Decke weg und schlage ihm auf den Arsch und rufe: »Steh auf, du Sack«, und er ruft: »Verpiss dich, Jasper«, aber dann steht er doch auf. Wir sitzen beide am Bettende, er reibt sich den Schlaf aus den Augen und beschwert sich.
Als seine Augen frei sind, macht Jonah sein Laptop an

und spielt Leftover Crack. Er zieht sich schnell an und dreht einen Joint. Den rauchen wir in seinem Wintergarten, beim Tee. Er braucht ziemlich lang, bis er richtig aufgewacht ist. Es ist sehr hell und warm im Wintergarten. Der Himmel ist gelb und fängt an zu dämmern.

»Wo holen wir sie ab?«, frage ich.

»Vor dem Argos in der Stadt, um halb.«

»Dann sollten wir los.«

»Jep«, sagt Jonah. Er drückt den Joint in einem Aschenbecher aus.

»Jonah?«

»Ja.«

»Was ist los?«

»Was meinst du?«

Er tippt in sein Telefon. Ich schätze, er geht nur seine Kontakte durch, damit er mich nicht anschauen muss.

»Es ist nur, du wirkst so …«, sage ich. Mache eine Pause. »Ich weiß nicht, so abwesend. Du hast noch nichts Ätzendes gesagt heute.«

»Es ist nichts«, sagt er. »Wir können später reden. Lass uns die Muschis holen.«

Ich lache. »Okay.«

Susan Pilkington und Jenna Slater warten auf uns vor dem Argos. Susan hat blondes Haar und große, runde Brüste. Sie trägt ein Blümchenkleid und weiße Leggings. Jenna hat sehr kurzes, schwarzes Haar und kleinere, sympathischer aussehende Brüste. Sie trägt enge Jeans und einen grünen Parka. Beide lächeln und zappeln herum und schauen im Allgemeinen aus wie nette, vielseitige weibliche Geschöpfe.

Jonah grinst und lehnt sich rüber, um die Beifahrertür zu öffnen.

Susan Pilkington steigt ein, neben ihm. Das heißt, er hat mir Jenna Slater zugewiesen. Das ist okay, denn große Brüste machen mir sowieso Angst.
Jenna Slater steigt neben mir ein.
»Hallo«, sagt sie, breit lächelnd. Sie weiß nicht, dass ich Vater werde.
»Hallo«, sage ich.
Ich versuche mein Bestes mit einem Lächeln. Wahrscheinlich sieht es debil aus. Ich frage mich, ob es wie beim letzten Mal sein wird, als Jonah und ich Mädchen abgeschleppt haben. Nein. So kann es gar nicht werden. Diese Mädchen sind jung und sexy und nett.
»Wie geht's?«, fragt sie.
Ich kann hören, wie Jonah sich vorne gewandt mit Susan unterhält. Er weiß einfach, was Mädchen hören wollen. Ich war auch mal gut darin, aber ich glaube, ich habe vergessen, wie das geht.
Zeit, mein Bestes zu versuchen. Mum sagt immer, solange ich mein Bestes versuche, kann niemand mehr von mir verlangen.
»Äh«, sage ich, »mir geht's gut. Mit geht's übertrieben gut.« Ich schaue mich im Auto um. Durch das Fenster sehe ich ein Kleinkind, das am Rockzipfel seiner Mutter kaut. »Wie geht es dir?«
Sie grinst wieder. Noch breiter. »Mir geht es großartig«, sagt sie. »Die Party wird gut.«
»Die Party wird gut«, wiederhole ich dumpf. Ich bin

dumm. Ich sollte mich wahrscheinlich schlafend stellen während der restlichen Fahrt.
Die Fahrt runter nach Devon dauert eineinhalb Stunden. Jonah lässt Susan eine Karte halten, die er bei Google Maps ausgedruckt hat, und sie sagt ihm die Richtung an. Wenn sie spricht, hört es sich recht unsicher an. Jonah hat gesagt, er würde nichts trinken beim Fahren, aber ziemlich bald ist er frustriert und besteht darauf, dass ich ihm ein Bier nach vorn gebe, was ich tue, weil er ein guter Freund ist.
Mit Jenna reden wird leichter und leichter, nach etwas Bier und ein paar Joints. Jenna redet gern, also muss ich nicht so viel. Jonahs Fahrkünste werden schlimmer und schlimmer, und nachdem er fast mit einem Wohnwagen zusammengekracht ist, auf dem ein »I LOVE LIFE«-Sticker klebt, bringt Susan ihn dazu, an einer Autobahntanke anzuhalten und einen Kaffee zu trinken. Jenna hört die ganze Zeit nicht auf zu reden. Es ist mir ziemlich egal. Meistens kann ich die einzelnen Wörter gar nicht auseinanderhalten, und deshalb ist es ganz entspannend, ihr zuzuhören. Wie Radio 4 hören.
Worüber Jenna zum Beispiel redet:

– Dass Jesus eigentlich ein ziemlich netter Kerl ist, und obwohl alle immer Scheiße bauen, er sie trotzdem liebt, weil es eben einfach so ist.
– Dass im Landesjugend-Jazzorchester spielen wirklich Spaß macht, weil man viele neue spannende Leute kennenlernt, die einem aufregende Geschichten erzählen, die man dann Jasper Wolf erzählen kann, weil

er in einem Auto mit einem sitzt und nicht weglaufen kann.

– Dass es einfach herrlich wäre, irgendwann mal nach Paris zu ziehen, weil Paris so romantisch ist.

– Dass alle Länder dieser Welt aufhören sollten, Schusswaffen zu kaufen, und stattdessen auf Discokugeln umsteigen sollten.

– Dass Ludovico Einaudi ein krasses Genie ist.

– Dass *Amélie* einfach der beste Film überhaupt ist.

– Dass blonde Haare vielleicht besser aussehen, allerdings auch weniger sophisticated, aber ich könnte es mal versuchen, zum Beispiel mit so einer Färbepackung für zu Hause oder so. Ich weiß nicht. Was meinst du, Jasper?

Ich starre sie eine Weile an. »Oh«, sage ich. »Ja. Ja, du siehst gut aus.«

Zurück im Wagen leere ich eine Dose Bier und rauche eine Zigarette, den Kopf aus dem Fenster gelehnt. Ich schaue nach vorn, die Autobahn runter, auf Bahnen voller ungeduldiger Autos und auf den Lagerfeuerhimmel mit seiner Sonne, die langsam von den Hügeln abrutscht. Jenna schläft auf meiner Schulter ein. Ich schlafe mit der Wange gegen die Scheibe ein.

29

Weil wir schlafen, verpassen Jenna und ich den wilden Streit zwischen Jonah und Susan zum Thema *Wo zum Teufel sind wir? Das sieht nicht aus wie Devon*, und als wir aufwachen, parkt das Auto schon in einer kleinen schmutzigen Lücke am Rand eines Mohnblumenfeldes. Jonah steht rauchend in den letzten Strahlen der Sonne, Susan neben ihm. Sie haben mittlerweile Frieden geschlossen. Sie haben die Vergangenheit hinter sich gelassen.

Wir müssen das Auto weit weg vom Haus abstellen, weil Amanda glaubt, dass Leute, die direkt am Haus parken, den Rasen zerstören könnten, und dann wären Amandas Eltern wütend. Aber die Leute werden so oder so am Haus parken.

Ich stupse Jenna an, damit sie aufwacht, und sie öffnet ihre Augen halb und lächelt. Sie schaltet einen Gang rauf und küsst mich auf die Wange. Ich versuche wieder, sie anzulächeln. Ich bin auch froh, dass sie nicht wieder anfängt zu reden. Wenn wir erstmal angefangen haben, zu küssen, wird es okay sein, dann werde ich sie mit meinem Mund einfach ruhigstellen.

Jonah sagt, wir müssen durch das Feld und in den Wald laufen, und im Wald werden wir einen Wasserfall mit einem kleinen See finden, wo uns Polly erwartet. Polly wird uns zu der Hütte führen. Ich frage, warum Polly uns führt, aber Jonah zuckt die Achseln.

Polly ist ein polnischer Junge mit einem weiblichen Gesicht. Sein richtiger Name ist Krasicki oder so. Es ist wahrscheinlich ein bisschen rassistisch, ihn Polly zu nennen, aber es scheint ihm nicht viel auszumachen.

Wir nehmen die vollen Rucksäcke aus dem Kofferraum und gehen los, durch das schwache Abendlicht über dem Feld. Susan zieht ihr Hemd aus, und Jonah und ich ziehen unsere aus, damit die Sonne unsere Schultern berührt, dem Lauf unserer Wirbelsäulen folgt und kleine Becken aus Licht zwischen den Mohnblumenstängeln formt. Jonah trägt die schwere Ladung mit dem kleinen Ofen und den Bierdosen; ich den Rucksack mit Drogen und Hummus.

Jenna und ich fallen schnell zurück, weil sie ständig anhält, um ihren Kopf zu drehen und mit offenem Mund auf unsere Umgebung zu starren.

»Es ist so schön hier draußen«, sagt sie.

»Ja«, sage ich. »So grün und hübsch und so.«

Sehr überzeugend.

»Aber den Menschen ist das ja egal. Sie lassen es einfach zu, dass die Natur zerstört wird.«

»Jep«, stimme ich zu. Ich zünde eine Zigarette an. »Dieses herrliche Gras und alles, einfach ersetzt durch Menschen in Häusern, in denen Menschen wohnen. Einfach grauenhaft.«

»Die Menschen spenden nicht mal mehr für den guten Zweck.«

»Jeder sollte für einen guten Zweck spenden«, sage ich.

Ich finde, Spenden ist, als würdest du einem Mann ein Pflaster aufkleben, der keine Haut mehr hat.
»Ich meine, die Menschen müssten nur mal hier rauskommen und die Schönheit der Natur aufnehmen, dann würden sie schon verstehen.«
Ich atme laut durch meine Nase ein und schließe die Augen.
»So schön«, sage ich.
Gott, was mache ich hier. Ich brauche Drogen.
Jonah hält an und dreht sich zu uns.
»Lass uns mal Pause machen«, sagt er. »Ich bin müde und brauche einen Joint.«
Er und Susan lassen sich fallen, wo sie gerade sind. Jenna und ich gehen zu ihnen und setzen uns auch ins Gras, zerdrücken einige Mohnblumen mit unseren Hintern.
Wir sitzen im Kreis. Jonah fummelt auf der Oberseite seines Rucksacks an einer großen Packung Blättchen herum. Das Licht verflüchtigt sich. Der Himmel ist honiggelb, und die Luft ist dick und voller Pollen.
»Ist es nicht wunderschön hier draußen?«, fragt Susan Jenna.
»Total unglaublich«, sagt Jenna.
Jonah wirft mir einen gequälten Blick zu, und ich versuche, nicht zu lachen. Ich kann genug lachen, nachdem ich meinen Penis in Jennas Vagina gesteckt habe. Ich stelle mir ihre Schamhaare unrasiert vor, wie das Mohnblumenfeld, in dem wir sitzen. Vielleicht werde ich auch sie schwängern. Hör auf, Leute zu schwängern, Jasper. Du bist kein Vaterkandidat.
Lass es abtreiben, Abby, oder ich setze mir einen Pferde-

kopf auf und suche dich heim, spät in der Nacht. Ich werde ihr Leben ins Chaos stürzen und sie lehren, nie wieder unschuldige Leute mit hässlichen Babys zu behelligen.
Was ich habe, ist verblüffender Scharfsinn.
Was ich nicht habe, ist Georgia Treely.
Ich frage mich, ob die Polizei Keith schon verhaftet hat. Ich frage mich, ob sie Elektroschocks durch seine Genitalien geschickt haben, um ihn zu einem Geständnis zu zwingen. Ich frage mich, ob Mum erleichtert ist, ob sie erkannt hat, dass sie nochmal glimpflich davongekommen ist. Ich bin ein ziemlich guter Sohn, weil ich sie vor dem Ermordetwerden gerettet habe. Sie wird mir wahrscheinlich einen Mini Cooper kaufen.
Wir dösen alle ein bisschen, während der Joint herumgeht. Jonah liegt auf dem Rücken, mit dem Kopf auf dem Rucksack. Susan hat ihren Kopf in seinem Schoß und macht Knoten in ihr gelbes Haar. Jenna lächelt mich an, und ich versuche, zurückzulächeln, aber ich weiß nicht, was ich sagen soll. Sie sieht mich erwartungsvoll an.
Ich pflücke eine Mohnblume und halte sie in meiner Hand.
»Heroin wird aus Mohnblumen gemacht«, sage ich. »Auch Sherlock Holmes hat Opium geraucht.«
»Oh«, sagt Jenna.
Ich denke darüber nach, dass es illegal ist, Drogen zu verkaufen, die aus Pflanzen gemacht werden, die überall wachsen, aber es ist nicht illegal, eine Droge in einem Labor herzustellen und im Internet zu verkaufen. Wenigstens wissen die Leute, was die gesundheitlichen Langzeitfolgen von Heroin sind und wie man mit ihnen

umgeht. Du weißt, dass, wenn du anfängst Heroin zu nehmen, deine Haare irgendwann zu Dreadlocks werden und du am Ende stirbst. Aber die Leute wissen nicht einmal, was Designerdrogen sind. Wenn unsere Generation erwachsen ist, haben wir vielleicht alle Parkinson oder so was.

Jonah setzt sich auf und kramt in seinem Rucksack. Er zieht einen Viererpack billiges polnisches Bier heraus und wirft ihn in die Mitte.

»Jeder trinkt eins«, sagt er. »Ich habe keine Lust mehr, den Scheiß rumzutragen.«

Wir öffnen uns alle ein Bier, setzen uns wieder und schlürfen. Ich kann gerade noch ein Stück Sonne über dem Rand der Wegstrecke sehen. Ein bleicher Pergamentmond hängt schon am Himmel, zwischen angedeuteten kleinen Sternen.

»Der Mond«, sagt Jenna fröhlich.

»Oh, wow«, sage ich. »Der Mond.«

Jonah lacht, und das Bier, das er im Mund hat, spritzt wie eine Dusche aus ihm heraus. Susans Haut wird mit kleinen Tröpfchen übersät, sie lässt sich aber nichts anmerken.

Jenna lehnt sich zurück, und ein breiter Streifen Haut an ihrem Bauch wird frei, weil ihr T-Shirt hochrutscht. Ich zünde mir eine Richmond an und lasse sie in meinem Mundwinkel brennen, während ich die Blätter von einer Mohnblume zupfe und sie flach in Jennas Bauchnabel lege. Das nennt man Flirten. Flirten ist eine Tür, hinter der es Sex gibt. Sex ist eine Tür, hinter der es Babys gibt. Diese Tür sollte man lieber geschlossen lassen.

»Wir sollten mal weiter. Polly wartet sicher schon«, sagt Jonah.

Jenna steht auf, und die Blätter taumeln von ihrem Bauch herab, und wir alle stehen auf und schultern unsere Rucksäcke.

Es sind nur noch ein paar Meter bis zum Übergang vom Feld zum Wald. Kaum haben wir die ersten Bäume hinter uns gelassen, besteht das Licht nur noch aus bleichen Farbflecken, die zwischen den hohen Ästen hindurchgeschlüpft sind. Jonah sagt, wir müssten dem Pfad folgen, bis wir zum Teich kommen.

Es dauert eine halbe Stunde, bis wir in der schwülen Finsternis den Wasserfall erreichen und den dazugehörigen Teich. Polly hat sich auf einem Felsblock niedergelassen, Zigarette zwischen den Lippen, wartend. Ich werfe meinen Rucksack hin. Jonah geht rüber und spricht kurz mit Polly. Polly lächelt kaum. Jonah kommt zurück zu uns.

»Lasst uns schwimmen«, sagt er, mit einem Grinsen im Gesicht.

Wir stehen alle da und schauen auf den Wasserfall. Er ist hoch und schmal, so breit wie ein Labrador, der auf der Seite liegt. Er fällt und fließt dann in einen langen Teich, der hier und da von einigen bemoosten Felsen gesäumt wird. Beim Herabfallen hat das Wasser ein ungeordnetes, verschwommenes Weiß, aber im Teich angekommen nimmt es einen traurigen Grünton an.

»Wirklich?«, fragt Susan.

»Ja, wirklich. Warum nicht?«

»Sieht es nicht ein bisschen grün aus?«, fragt Jenna.

»Nein«, erklärt Jonah. »Ihr müsst es euch eher wie einen Smaragd vorstellen.«
Um das traurige Grün in Smaragdgrün zu verwandeln, nehmen wir alle ein paar Lines Mephedron, verteilt auf Susans Taschenspiegel. Jenna zögert, aber ich erkläre ihr, dass es eine legale Droge ist und man sie im Internet kaufen kann. Das überzeugt sie. Wie einfach.
Es braucht nicht lange, bis das Wasser anfängt, schöner auszusehen. Das ungesunde Grün verwandelt sich in den Grünton von frisch gemähtem Gras. Ich mustere Jenna. Sie hat sich von einem passablen Flirt-Objekt in eine griechische Bronzestatue verwandelt. Ich bin verzaubert davon, wie ihr zarter Oberkörper elegant in weiche, geschwungene Hüften übergeht, und weiter unten in schön geformte Schenkel und lachsfarbene Schienbeine, bis zu ihren perfekten handgroßen Füßen und leicht pfirsichfarbenen Zehennägeln.
Danach kommt das Lächeln. Einer nach dem anderen bekommt seine Wangen aufgespießt. Wir formen eine Laola-Welle aus unseren schief grinsenden Mündern. Wir ziehen uns alle aus, während unsere Arme und Beine fröhlich zucken und unsere Münder Auto fahren.
»Ich liebe euch alle«, sagt Jonah.
»Die Menschen mögen Krieg und Geld«, sage ich.
»Die Menschen sollten einander lieben. Ich liebe euch.«
Jenna dreht sich und umarmt mich fest. Ich drücke meine Zunge in ihren Mund und bewege sie darin herum.
»Scheiß auf Krieg und Geld!«
»Lasst uns alle heiraten.«
»Konfetti!«

Ich fühle das Kitzeln von Erde an meinem Kopf. Jenna wirft mehrere Handvoll davon in die Luft.
»Ich liebe auch Polly.«
»Ich liebe Pollyolly auch.«
»Wir müssen es ihm sagen!«
»Heirate mich!«
Mehr Erde auf meinem Kopf, meinen Nacken runter.
»Schwimmen, er muss mit uns schwimmen.«
»Oder wir müssen mit ihm schwimmen.«

Alles verschwimmt in einem Schmierstreifen aus Geräusch und Farbe. Ich bin eine Supernova aus Wohlwollen, die explodiert.
Wir formen einen Kreis um Polly, der immer noch auf dem Felsblock sitzt und raucht. Wir sind liebevolle Löwen, die eine verletzte Gazelle umringen. Er guckt resigniert und ein bisschen amüsiert. Vielleicht beschleicht ihn leichte Angst, ich weiß es nicht. Alles sieht so wunderbar aus.
»Polly, du bist großartig«, sagt Susan.
»Komm schwimmen.«
»Schwimm.«
»Mit uns.«
»Tut uns alles so leid.«
»Du bist ein super Mann.«
»Ein Superman!«
»Äh, danke«, sagt Polly, rutscht auf dem Felsen hin und her.
»Ich schlafe mit dir, ich will.«
Ich sehe eine Hand, die sich ausstreckt nach Pollys Schritt.

Wir rennen alle los, um ihn in einer ungestümen Fünfer-Umarmung einzuschließen, woraufhin er einen komischen Laut von sich gibt und sich zwischen den Bäumen versteckt. Wir jaulen auf vor Lachen und werfen uns in den smaragdenen Teich mit seinem kühlen Wasser.
Das Wasser fühlt sich an wie ein Riesenlottogewinn. Es sickert durch unsere Häute und macht uns zu Kerzen. Alles ist hell und gut.
»Wir sind nicht die Internet-Generation!«
»Scheiß drauf.«
»Scheiß auf sie!«
»Scheißfernseher!«
»Und Twitter.«
»Und Formspring.«
»Was ist Formspring?«
»Ach, egal.«
»Ich liebe dich, Jonah.«
»Ich liebe dich, Jasper.«
»Ich liebe dich, Jenna.«
»Ich liebe dich, Susan.«
Das Wasser ist seicht genug, dass wir stehen können, aber wir schlagen Purzelbäume, um uns fortzubewegen. Wände aus Wasser wachsen und brechen nieder, stürzen dabei durch mein Haar und füllen meinen Mund. Unsere Zungen bleiben grün. Wir lachen und lachen.
Ich stehe gegen Jenna gepresst. Ihre Augen klettern in meine hinein. Ihre Brüste, an meine Brust gehalten, machen mir bewusst, dass das die einzigen Teile ihres Körpers sind, die nicht in meine hineinpassen. Ich wünschte, ich hätte riesige Vertiefungen in meiner Brust, so dass

ihr Busen sich hineindrücken und wir uns noch näher kommen könnten.

Unsere Nasen berühren sich.

»Eskimos«, flüstert sie.

Ich schreie.

Sie lacht.

Wir fallen rückwärts durchs Wasser, ich auf ihr drauf, bis sie auf dem Boden des Teiches liegt, gekrümmt. Als wir durch die Wasseroberfläche stoßen, schwellen unsere Wangen an mit noch mehr Lachen. Jenna sieht wunderschön aus. Ihr Haar ist glatt und dunkel vom dreckigen Wasser. Es sieht aus wie geschmolzene Schokolade.

Jonah und Susan fügen ihre Körper auf der anderen Seite des Teiches ineinander. Sie macht ächzende Laute wie ein sterbendes Pferd, und ihre Augen sind so weit geöffnet, als ob sie gerade ihren toten Großvater sähe, in den Kleidern einer Frau, und der für die Queen einen Lapdance macht, zwischen den Bäumen.

Ich lege meine Hände auf beide Seiten von Jennas Taille und lasse mein Becken langsam durch das Wasser näher kommen wie der Weiße Hai. Sie klemmt ihr Gesicht in die Krümmung meines Halses und gleitet dann an ihr herauf zu meinem Ohrläppchen, in das sie hineinbeißt. Blut. Ich schreie und reiße mich los.

»Sorry«, sagt sie. »Ich kann das nicht.«

Ich paddele zurück zu unserer Landschaft aus weggeworfenen Kleidern und ziehe meine Boxershorts wieder an. So muss Ping sich fühlen. Auf Pollys Felsblock zusammengekrümmt, zünde ich den Joint an, den Jonah vergessen hat. Ich sehe ihnen beim Sex zu. Das Mephe-

dron malt mein Inneres immer noch rosa an, weshalb ich es wunderbar finde. Ich habe das Gefühl, dass das, was Menschen am meisten wollen, ineinander eindringen ist. Nicht nur mit anderen Menschen zusammen zu sein, sondern in anderen Menschen. Sich anderen hingeben. Dich selbst aufgeben, nackt und ehrlich, für einen anderen Menschen. Deinen Mund animalische Geräusche machen lassen, und das mitten hinein in das Gesicht dieses anderen Menschen. Und dabei zuhören, wie dieser andere Mensch solche Laute zurückschickt an dich.
Fünf Minuten später kommt Polly zwischen den Bäumen hervor und steht neben mir, einen Zigarettenstumpf zwischen den Lippen. Er fährt sich mit der Hand durchs Haar.

»Bald fertick?«, fragt er.
»Ja, fast.«
»Wie biete?«
»Ja.«
»Ja?«
»Ja.«
Ich merke, es flaut ab, denn sein Akzent fängt an, mich anzupissen.
Polly schnippt seine Zigarettenkippe in den Teich und verschränkt die Arme.
»Jetzt wir gehen«, sagt er, laut, aber er schreit nicht.
Jenna hat sich selbst mit Wasser bespritzt, Jonah und Susan kuscheln sich nur noch aneinander, und alle kichern den letzten Rest der Drogen weg, dann klettern sie raus. Während sie sich wieder anziehen und mit Zigaretten

herumhantieren, versuche ich den Polen darüber auszufragen, wer auf der Party ist.

»Also, was für Mädchen sind da so?«, frage ich, zu den Bäumen nickend.

»Wie biete?«

»Mädchen?«

Er zeigt auf Jennas nackten Arsch, die Farbe von gegartem Hühnchen.

»Ja.«

»Mhhh.« Er schaut sich um, als würde er Antworten suchen. »Suckrack. Sahk … sahk … ruhk.«

»Was?«

»Ruhk … sahkrrrr …«

Ich gebe auf und laufe rüber, um Jonah eine Zigarette zu klauen.

Meine sind alle. Ich hoffe auf viele Frauen, das mit Jenna macht nichts. Sie war sowieso nicht so hübsch. Sie war seltsam und fröhlich und öde.

»Kommkomm«, ordnet Krasicki an, dann bricht er auf zu einem Marsch in den Wald. Und wir folgen.

30

Die Hütte von Amanda Forthwarts Eltern heißt Chinkapin Farm. Ein großer Würfel in einer Farbe, die irgendwo zwischen Rosa und Orange liegt. Die Vorderseite ist mit Efeugittern bedeckt.

Leute stehen in Gruppen herum und rauchen und trinken aus Bierdosen. Die Türen und Fenster des Hauses sind weit geöffnet. Ich erkenne nicht viele Leute. Ich kann Georgia Treely nicht sehen.

Drinnen sind die Teppiche schon mit Dreck, Bierspritzern und Zigarettenkippen marmoriert. Leute sitzen auf den Sofas und im Schneidersitz auf dem Boden.

»Lass uns hochgehen«, sage ich zu Jonah. Ich ziehe ihn von Susan und Jenna weg. Wenn ich keinen Sex mit ihr haben kann, dann will ich auch nicht in ihrer Nähe sein.

Oben finden wir ein Gästezimmer mit Blümchentapete. Der einzige Mensch darin ist ein blondes Mädchen, das ohnmächtig auf dem Bett liegt. Wir sitzen auf dem Teppich und feuern den kleinen Gasbrenner an, um darauf Ketamin zu kochen.

Als die Flüssigkeit zu Pulver geworden ist, legen wir Lines auf einem Danielle-Steele-Buch, das in diesem Zimmer im Regal stand. Wir nehmen zwei, eine für jedes

Nasenloch, dann lehnen wir uns zurück. Die Tropfen fließen wie Schneckenschleim meine Kehle herunter.

»Jasper?«, fragt Jonah.

»Ja.«

»Vorhin habe ich mich komisch gefühlt, weil ich gedacht hab.«

»Ja.«

Ich kann seine Stimme hören, aber ich verstehe nicht wirklich, was er sagt. Ich zünde eine Zigarette an und schaue auf die Linien in meinen Handflächen.

»Ich habe nur dran gedacht, dass das nächste Jahr unser letztes Jahr ist, richtig? Und danach verlassen wir diese Stadt. Und, ich meine, ich hasse diesen Scheißort, aber wir waren hier irgendwie, na ja, schon immer.«

»Jonah?«

Er drückt seine Hände gegen seine Augen.

»Ja.«

»Hast du Angst?«

»Nein«, sagt er und sieht das Mädchen auf dem Bett an. »Verpiss dich!«

»Doch, hast du«, versichere ich ihm. Alle haben Angst.

»Schwul nicht rum!«

»Ich habe Angst«, sage ich. Ich bin ehrlich.

»Echt?«

»Ja.« Ich zünde eine Zigarette an. »Scheiß auf die Army, lass uns nach Frankreich gehen. Wir können Essen klauen und die Dorfmädchen ficken. Oder wir gehen nach Kanada und suchen uns eine Holzhütte an einem See und stopfen sie von oben bis unten voll mit Wein und Nutten.«

»Jasper«, sagt er, »ich gehe zur Army. Jetzt kann man noch Scheiße bauen, später muss man was machen. Du kannst nicht für immer nur rumhängen.«
»Warum nicht?«
»Weil du, wenn du das versuchst, so enden wirst wie Tenayas Eltern.«
Ich schaue auf meine Hände. Alle Linien schwimmen.
»Okay«, sage ich.
»Willst du noch eine Line?«
»Klar.«
»Dann sollten wir wieder runtergehen.«
»Okay. Ich werde Georgia Treely verführen.«
Jonah lacht.
Auch nach weiteren Lines gehen wir nicht runter. Wir liegen auf dem Rücken und starren die Decke an. Der Putz hat sich in kleinen Wellen abgepellt. Ein mittelgroßer Kronleuchter hängt über unseren Köpfen, der gegen das letzte bisschen Licht antritt, das durch das einzige Fenster hier hereinkommt.
Das blonde Mädchen wacht auf, fährt durch seine Haare und plumpst vom Bett. Sie starrt uns mit glasigen, weggetretenen Augen an, die völlig leer sind.
»Willst du eine Line?«, fragt Jonah.
Sie nickt.
Ich frage mich, wer sie ist. Ich frage mich, ob sie manchmal in ihrem Bett liegt und sich selbst Ohrfeigen gibt, nur um zu testen, ob sie das noch kann. Ich frage mich, was sie in ihrem Kopf sieht, wenn sie versucht, sich vorzustellen, was als Nächstes kommt.
Ich lege eine Line für sie, und sie zieht. Sie wird wieder

ohnmächtig, diesmal in Jonahs Schoß. Er drückt sie von seiner Hose weg und auf den Boden.

»Lass uns wieder runter«, sagt Jonah.

Ping, Tenaya und Ana sind angekommen. Ping sitzt neben dem Fernseher mit Tenaya, Ana und sechs oder sieben anderen Kids um ihn herum. Er hat einen Sahnesprüher aus schwarzem Metall in der Hand und sprüht damit den Inhalt von kleinen Patronen, die wie silberne Geschosse aussehen, in strahlend bunte Glitzerballons. Lachgasballons sind eine religiöse Erfahrung. Sie reißen dich von deinem Platz auf der Erde weg und schicken dich irgendwo ins Nirgendwo. So was wie Hände oder Füße oder einen Kopf hast du nicht mehr. Alles hallt. Alles passiert extrem langsam und ruckelig, als ob du ein Video auf YouTube mit Einwählverbindung schaust. Es dauert nur eine halbe Minute oder so.

Man kann so einen Lachgasspender und die Patronen aus dem Internet billig ordern. Manche sagen »Hippie Crack« dazu.

Ich setze mich neben Tenaya. Ihre Augen sind wieder nass. Vielleicht ist noch jemand gestorben. Vielleicht ist noch jemand über den Rand der Welt gesprungen. Tenaya ist ein sehr gefühlvoller Mensch. Alle Menschen sind sehr gefühlvoll. Ich bin sehr gefühlvoll, aber ich zeige es nicht, denn wenn ich es täte, würden die Leute denken, dass ich schwach bin und mich abziehen, gefühlsmäßig.

»Hi«, sagt Tenaya.

»Was ist los?«, frage ich.

»Ich hatte lange kein Lachgas mehr.«

»Was ist los?«, wiederhole ich.
Tenaya zeigt über ihre Schulter. Durch die offene Tür kann ich Tom sehen, wie er draußen raucht, bei ihm ein Mädchen in einem lilafarbenen Kleid. Sie halten Händchen. Das Mädchen trägt keine Schuhe.
»Das ist mein Kleid«, sagt Tenaya.
»Arsch«, sage ich.
»Ja.«
Ich lege meine Hand auf Tenayas Haar und zerzause es liebevoll. Ich mache das, damit es ihr besser geht.
»Lass das, Jasper.«
»Okay.«
Ping reicht uns beiden Ballons. Jemand macht den Song »Grow Up and Blow Away« von Metric an. Musik ist ein sehr wichtiger Bestandteil bei der Lachgas-Sache. Sie bietet dir ein Podest, von dem aus du die Dinge betrachten kannst. Der Song ist laut.

If this is the life
Why does it feel so good to die today?
Blue to gray
Grow up and blow away …

Ping zählt bis drei. Bei drei stecken wir alle die Ballonhälse in unsere Münder und fangen an, das leckere Gas ein- und auszuatmen. Links von mir sehe ich Tenaya. Ihre Augen sind geschlossen. Bald sehe ich gar nichts mehr.
Alles, was ich sehe und höre, ist reduziert, eine Reihe verschwommener Kreise, die rotieren und rotieren. Der Song zieht sich zusammen zu einer wuchtigen Atmo-

sphäre. Andere Sounds schwanken und vervielfachen sich und springen auseinander.
Der Songtext fadet aus, bis er still wird und herumsitzt, in der Luft vor mir. *Grow Up and Blow Away*. Ich bin das *o* im Grow. Ich schwinge meine Beine. Ich klettere durch alle Worte im Refrain.
Tenaya lacht, aber ihre Augen sind immer noch rot. Um mich herum wird es wieder schärfer. Lachen überall. Alle sind aufgesprungen und umarmen sich und jubeln, als ob wir gerade in einem Krieg gekämpft und gewonnen hätten.

31

Fühl mich gut. 1:30 Uhr. Ich stehe in der Küche, im Gespräch mit einem Mädchen, das an Engel glaubt. Sie erzählt mir, dass meine Aura blau ist. Ich sage ihr, dass sie offenbar keine hat. Ping taucht auf. Er greift mich am Arm und bittet mich, mit ihm in den Schrank unter der Treppe zu kommen. Er sagt mir, dass ich ein Bier brauchen werde.

Der Schrank riecht nach Feuchtigkeit. Es ist absolut dunkel, weil Ping die Tür zugemacht hat. Ich halte die Knöpfe meines Telefons gedrückt, damit es leuchtet.

»Willst du versuchen, mich zu küssen?«, frage ich.

»Leck mich.«

»Was dann?«

»Es geht um Abby Hall«, sagt Ping. Er trinkt von seinem Bier. »Und ihr Baby.«

Ich spucke das Bier aus, das ich im Mund habe, wie ein schlechter Schauspieler.

»Krass, woher weißt du davon?«

»Abby hat es Ana gesagt.«

»Wieso erzählt sie Ana die Scheiße?«

»Es gibt nicht so viele Mädchen, die Ana mögen. Sie muss alle Freunde nehmen, die sie kriegen kann. Egal, willst du die Neuigkeiten?«

Etwas Kleines stirbt in meinem Magen. »Ich weiß nicht.«
»Doch, willst du.«
Ich kippe das Bier runter. »Okay.«
»Es ist von Ben McKay.«
Ich schreie vor Lachen. Konfetti. Das ist genial. Das ist das Beste, was in der ganzen Sache passieren konnte. Ich beruhige mich.
»Was? Wann?«
»Bei Carrie Watermans Party.«
»Aber Abby hat Hausarrest«, sage ich. »Wie kam sie raus?«
»Stimmt«, sagt Ping. »Aber Ben McKay hat ihr erzählt, dass er sie liebt, und deshalb hat sie sich rausgeschlichen, um ihn zu treffen.«
Ich lache wieder laut.
»Warum hat er das gesagt?«
»Er hat gehört, sie sei leicht zu kriegen.«
»Was stimmt.«
»Jasper?«
»Ja.«
»Warum hast du nichts gesagt?«
»Ich weiß nicht. Ich wollte selbst nicht daran denken.«
»Okay.«
»Hast du Ana schon gefickt?«
»Nee.«
»Oh.«
»Langsam macht es mir nichts mehr.«
»Wirklich?«
»Ja.«
»Bizarr.«

»Ja.«

»Lass uns hier raus.«

»Okay.«

32

Ich fange an, mich übel zu fühlen. Wo ist Georgia Treely? Ich bin ein sehr betrunkener Mensch. Der Georgia-Plan. Ich werde nicht Vater. 2:35 Uhr. Ich habe Tenaya schon ein oder zwei Stunden nicht gesehen. Ich beschließe nach ihr zu schauen.
Sie ist nicht in der Küche, in den Küchenschränken, hinter den Sofakissen, dem Fernseher oder in irgendeinem der oberen Schlafzimmer. Die Leute sind noch nicht zusammengesackt und schlafen noch nicht in Haufen auf dem Boden. Die Leute trinken noch und schlafen miteinander. Im Haus ist es immer noch laut.
Tenaya ist wahrscheinlich draußen.
Ich setze mich ins Badezimmer. Ich sitze auf dem Toilettensitz und betrachte meine Hände. Die Linien tanzen. Die Falten an meinen Fingern zucken krampfartig.
Ein Geräusch dringt durch den Raum.
Aus dem Boilerschrank.
Ich ziehe die Türen auf und finde Tenaya, unter die Isolierung des Boilers gequetscht. Es ist gerade genug Platz, dass ich mich neben sie zwängen kann. Es fühlt sich so an, als wären wir in einer Kiste mit Luft aus dem Dschungel. Sie hört iPod. Ich nehme den Kopfhörer aus ihrem rechten Ohr und stecke ihn in mein linkes. Bon Iver. Ihre

Augen sind Meeresarme. Wenigstens verletzt sie sich gerade nicht selbst.
Wir machen eine Zeitlang nichts, außer dazusitzen. Ich weiß, warum sie weint. Ich werde sentimental. Sie weint wegen Tom, aber auch darüber, wofür Tom steht: Enttäuschung. Wir alle enttäuschen so oft. Wir enttäuschen einander und wir enttäuschen uns selbst. Mum hat Dad enttäuscht, Keith hat Margaret enttäuscht, Tabitha hat das Leben enttäuscht, Tom hat Tenaya enttäuscht, Jonah hat zirka dreißig Mädchen enttäuscht. Wahrscheinlich habe ich Abby enttäuscht. Sorry, Abby.
Nach einer halben Stunde oder so fängt es an zu regnen. Wasser klopft gegen die Mauer hinter unseren Köpfen, als ob dort jemand mit einer Sextanerblase steht und wir auf dem einzigen freien Klo sitzen. Hartnäckiger, stählerner Regen. Das Geräusch des Regens passt nicht zu der Saunaluft zwischen uns. Wie ein Mädchen, das schreit, weil sie sich das Knie aufgeschlagen hat, während man selbst im warmen Bett liegt und *Harry Potter* liest.
Wenn du traurig bist und es regnet, nennt man das Personifikation der Natur. So wie in *Macbeth*, als Duncan stirbt und es einen Sturm gibt. Im echten Leben heißt es eher, dass die Natur unsensibel ist. Sie macht die Dinge nur schlimmer. Deshalb denke ich jetzt gerade, dass Mutter Natur nicht mehr Mutter Natur heißen sollte. Eher sollte sie Keith Natur oder Tom Natur oder Blöde Schlampe Natur heißen. Mein Glaskopf ist zerbrochen, und Tenaya ist traurig. Mütter pissen nicht auf andere Leute, wenn die sich so fühlen, sie umarmen sie und verfluchen ihre Feinde.

Ich ziehe mein Päckchen Mephedron raus und gönne uns beiden zwei Ecken meiner EC-Karte voll, um alles besser zu machen.
Ich zünde eine Zigarette an.
Tenaya lehnt ihren Kopf an meine Brust. Ich fühle das Nass von ihren Wangen und wie es durch mein T-Shirt sickert.
»Bist du okay?«, frage ich.
»Ich weiß nicht.« Sie nimmt die Zigarette aus meiner Hand und zieht daran. »Ich fühl mich einfach seltsam.«
»Ja«, sage ich ihr, »ich weiß.«
Tenaya hebt den Kopf. Sie schaut sehr direkt mit ihren Augen in meine. Sie versucht irgendwie in meinen Körper zu klettern. Sie wird hineinklettern und sich dort verstecken.
Sie lehnt sich näher zu mir und küsst mich.
Das ist total komisch, aber auch nicht zu komisch, weil sie nicht wie Tenaya aussieht, sie sieht aus wie etwas Feuchtes und Unscharfes. Ich denke nicht daran, wer sie ist oder was sie meint, ich denke nur daran, einem anderen menschlichen Körper nahe zu sein.
Wir küssen heftiger. Sie ist eine sehr souveräne Küsserin. Sie drückt die Türen des Boilerschrankes auf. Wir gehen raus und rüber zur leeren Badewanne. Sie legt ihren Körper hinein. Sie ist ein großer Fötus in einem weißen Mutterleib aus Plastik. Ihre Hose wird heruntergezogen, über ihren hübschen linken Fuß.
Ich sollte das nicht tun.
Ich lege mich zwischen ihre Beine. Ich mache einfache und angenehme Bewegungen mit meinem Becken. Ihr

Mund öffnet sich. Ihr Kopf hebt sich und stößt gegen den Wasserhahn. Ich tue mein Bestes.
Danach setze ich mich auf, und sie legt ihren Kopf auf meine Brust. Ich merke erst jetzt, dass ein bisschen Wasser unten in der Badewanne war. Landkarten aus Wasser erstrecken sich über den Stoff meiner Hose. Ihr Haar ist nass. Nass wie ein Mädchen, das im Meer ertrunken ist. Ein kleines Mädchen. Und das aus Versehen. Und nur ein einziges Mal.
Und es sind Tränen in meinen Augen, weil, ich weiß nicht, warum. Ich kann fühlen, wie meine Hände zittern. Mein Herz schlägt schnell. Ihr Gesicht liegt immer noch an meiner Brust.
Und mir wird klar, dass ich es getan habe.
Ich habe meine Fingernägel gekaut, bis sie geblutet haben.
Ich habe mich mit einem Rugbystrumpf erhängt.
Ich habe meine Exfrau umgebracht.
Aber wenigstens werde ich nicht mehr Vater.
Ich ziehe mich unter ihr weg und verlasse das Bad.

33

Ich schaue auf die Uhr in meinem Telefon. 3:11 Uhr. Ich starre die Wand an. Ich schaue wieder auf die Uhr in meinem Telefon. 3:12 Uhr. Eine halb volle Dose Bier steht auf dem Fernseher, und ich nehme sie mir. Ich habe schon drei Runden durch das Haus gedreht, aber ich konnte Georgia Treely nicht finden. Mein Kopf kommt nicht zur Ruhe. Ein Junge und ein Mädchen, die ich nicht kenne, liegen aneinandergeschmiegt auf dem Sofa. Das Mädchen gibt kurze, hohe Laute von sich.

Weil ich nicht wieder anderen beim Sex zusehen will, gehe ich raus. Die Luft ist kalt und schwarz. Sie tut weh im Hals. Manche Leute schlafen in ihren Autos, in Decken gewickelt, kuschelnd.

Ich folge dem Pfad, der, von Büschen gesäumt, durch die Felder führt. Der Mond wirft genug Licht ab, um den Weg zu beleuchten.

Ich laufe eine Weile, dann halte ich an. Es kommen Geräusche hinter dem Gebüsch hervor. Kleider und Schuhe liegen am Rand des Wegs.

Ich drücke meinen Kopf durch die Zweige. Wow. Tom und seine neue Freundin haben Sex auf dem Rasen. Ihnen muss ziemlich kalt sein. Gänsehaut zieht sich über seine nackten Porzellanpobacken.

Nachdem ich den Kopf wieder aus dem Gebüsch geholt habe, öffne ich meinen Hosenstall. Ich ziele mit meinem Penis auf einen von Toms Schuhen und schieße neongelbe Pisse hinein. Das gibt mir ein Gefühl von Gerechtigkeit, irgendwie. Tenaya würde es ganz sicher gut finden.
Wo bist du, Georgia?
Komm zu Jasper.
Ich bin ein extrem gruseliger junger Mann.
Weiter den Weg runter höre ich mehr Geräusche, sie kommen von einem Feld auf der anderen Seite der Büsche. Diesmal ein anderes Geräusch. Hört sich an wie Jaulen und Fluchen und Muhen. Sehr faszinierend.
Ich klettere durch das Gebüsch. Auf der anderen Seite sind Ping, Jonah und Ana, alle nackt, und laufen um eine Gruppe dreier Kühe herum. Warum haben sich alle ausgezogen? Ping hat einen großen Stock in der Hand, und eine Kuh jagt hinter ihm her. Ich lache.
Als Jonah mich sieht, rennt er zu mir und ermutigt mich, meine Kleider auszuziehen. Ich sage ihm, er soll sich verpissen. Er akzeptiert »Verpiss dich« nicht als Antwort. Jonah und Ana und Ping stoßen mich auf den Boden und fangen an, mir die Kleider vom Leib zu reißen. Ich wehre mich, aber lache. Ich schreie heraus, dass ich nicht Vater werde. Ich frage mich, was sie genommen haben. Jonah und Ping zerren an meiner Hose, und Ana zieht mir das T-Shirt hoch. Bald liege ich in Boxershorts auf dem Boden, und das Gras kratzt an meinen Beinen. Jonah will gerade versuchen, sie mir abzunehmen, aber dann kommt eine riesige mahagonifarbene Kuh direkt auf uns zu.

Ich springe auf und laufe.
Wir laufen alle auf das Feld, weg vom Haus.
Jonah hält an.
»Was?«, sage ich.
Er zeigt in die Ferne. Ich kann vage ein schwebendes Licht erkennen. Ich habe nicht so besonders gute Augen. Ich könnte nie Pilot oder Jäger sein.
»Das ist der Scheißbauer«, sagt er. Seine Stimme klingt ängstlich, aber er grinst.
»Hey«, ruft Ping.
Wir hören.
Bellen.
»Er hat Hunde.«
Sofort drehen wir auf der Stelle um und laufen zurück, den Kühen und der Hütte entgegen. Kühe sind viel weniger furchteinflößend als ein wütender Bauer mit riesigen Hunden.
Wir laufen blind in die andere Richtung, weg von den kläffenden Hunden. Ich halte nur an, um meinen Pulli aus dem Maul einer Kuh zu ziehen.
Ich halte nicht an, um nach meinen anderen Kleidern zu schauen.
Ich halte nicht an, bis ich draußen vor der Hütte stehe und kaum noch atmen kann.
Ana, Ping und Jonah sind nicht bei mir, aber ich mache mir keine Sorgen um sie. Ich bin sicher, sie sind entkommen. Ich bin sicher, niemand wurde gefressen. Ich ziehe die Arme meines Pullovers über meine Beine. Meine Boxershorts schaut durch die Kopföffnung raus.
Im Wohnzimmer der Hütte stocke ich.

Georgia Treely.
Zeit für den Georgia-Plan. Wirke sexy. Wirke selbstbewusst.
Sie sitzt allein auf dem Sofa, den Kopf in den Händen. Ihr Haar ist voller glänzender Clips und Spangen. Es sieht aus wie ein Glühwürmchennest. Ich will ihre Glühwürmchen über meinen Schultern tragen. Ich will die Erlaubnis, ihre Haut zu berühren und sie fest an mich zu drücken und nicht über Keith oder Tenaya oder Tabitha Mowai oder Abby Hall nachzudenken, nur für ein paar Minuten. Ich starre auf ihre Füße und sage nichts. Die Knochen ihrer Füße liegen im Schatten der dumpfen Deckenlampe. Der zweite *Jackass*-Film läuft im Fernsehen. Um mir Mut zu machen, hebe ich eine halb leere Bierdose vom Boden auf und kippe sie runter. Das nennt man: sich Mut antrinken, oder auch: Holländermut. Was alle Holländer beleidigt, denn es impliziert, dass sie nichts tun können, ohne vorher zu trinken.
»Hallo, Georgia Treely«, sage ich und stelle mich vor sie.
»Oh, Jasper. Hi.« Sie schaut an mir hoch und runter. »Jasper«, sagt sie, »wieso trägst du deinen Pullover an den Beinen?«
»Ohne Grund«, sage ich. Ich setze mich neben sie. »Geht's dir gut?«
»Ja. Nein. Ich weiß nicht. Mir ist ein bisschen schlecht. Ich glaube, ich habe zu viel getrunken. Ich trinke normalerweise nicht.«
»Oh«, sage ich, »das tut mir leid.«

Ich lege meine Hand auf ihren Rücken und bewege sie rauf und runter. Ich zeige meine Sympathie. Sympathie ist verführerisch.

»Willst du irgendwas, damit es dir besser geht?«

»Keine Drogen, ich nehme keine Drogen.«

»Keine Drogen, nein. Naja, vielleicht so was Ähnliches wie Drogen, ja, aber legale Drogen. Also, so was wie Kaffee zum Beispiel.«

»Meine Mutter trinkt Kaffee.«

»Super. Komm, wir gehen nach oben und trinken Kaffee.«

Ich nehme ihre Hand und führe sie rauf.

Oben, im Gästezimmer, trinken Georgia Treely und ich große Tassen Kaffee. Ich versichere ihr, dass man immer aus so großen Tassen Kaffee trinkt.

Georgia Treely starrt die Wand eine Zeitlang an. Ich stelle mir vor, wie es in ihrem Kopf sprudelt, weil das das erste Mal ist, dass sie irgendwas nimmt.

Ich sage ihr, dass ich sie in Psychologie immer anschaue und dass ich versucht habe, über den Facebook-Chat mit ihr zu reden, aber dass sie nicht da war. Sie nickt mir zu. Sie berührt meine Hand. Das ist das erste Mal, dass sie Drogen genommen hat. Sie wird glauben, dass sie mich liebt.

»Ich liebe dich, Jasper«, sagt sie.

Ist das in Ordnung? Es kommt mir irgendwie falsch vor. Leicht ethisch unkorrekt. Leicht vergewaltigungsmäßig. Vielleicht.

Ich führe eine sehr kurze moralische Gerichtsverhandlung in meinem Kopf. Ich nehme dafür Charaktere aus *Animal Farm*.

Schwein: Ich bin sehr dagegen. Das ist abscheulich. So was ist wie in eine chinesische Ming-Vase aus Elfenbein pinkeln.
Hund: Einspruch, Sie machen den Angeklagten zum Opfer.
Schwein: Einspruch, nur ein Opfer kann zum Opfer gemacht werden.
Ratte: Grammatische Konfusselion!
Richter: Irrelevant.
Kuh: Was ist?
Hund: Sie ist ziemlich heiß.
Schwein: Sehr heiß sogar.
Richter: Dann nichts wie los.
Jasper J. Wolf: Danke an euch alle.

»Ich liebe dich auch«, sage ich.
Ich sehe auf und gehe rüber zum Bett. Das ohnmächtige Mädchen liegt immer noch darauf. Ich hebe sie hoch und lege sie auf den Boden. Georgia Treely legt sich aufs Bett. Ich lege mich auf Georgia Treely. Ich will, dass ein nuklearer Holocaust nichts übrig lässt außer Georgia Treely und mir.
Ich denke, es ist offensichtlich, was als Nächstes kommt und wie großartig und herrlich es sich anfühlt.

34

7:23 Uhr. Mein Kopf ist warm und tut weh. Das Zimmer ist voll mit schwachem Licht und die Luft schwer wie Glas. Ich drehe mich nach links. Georgia Treelys Kopf liegt neben meinem Kopf. Er ist der hübscheste Kopf der Welt. Sie sieht ein bisschen tot aus. Ich hoffe, sie ist nicht tot. Ich frage mich, ob das ein Scherz ist. Ob jemand einen gefälschten Georgia-Treely-Kopf neben mir ins Bett gelegt hat, damit ich aufwache und mich sehr glücklich fühle, bis ich ihn küssen will und bemerke, dass er aus Plastik ist. Ich stoße den Kopf an. Er ist nicht aus Plastik. Ich drücke einen Kuss auf ihre Stirn.
Manche Frauen sehen nur für bestimmte Männer zu bestimmten Uhrzeiten am Morgen in einem bestimmten Licht hübsch aus. Georgia Treely ist keine von ihnen.
Dann erinnere ich mich, was letzte Nacht passiert ist.
Es sieht so aus, als hätte ich sie vielleicht vergewaltigt. Ich meine, sie wollte zwar, aber sie wollte wahrscheinlich nicht, dass sie wollte. Es waren die Drogen, die sie dazu gebracht haben. Vor Gericht werde ich sagen, ich hätte keine Ahnung gehabt. Vor Gericht werde ich weinen, bis sie mich laufen lassen.
Ich gleite aus dem Bett. Mir ist schwindelig. Jemand hat seine Klamotten auf dem Boden gelassen. Ich ziehe sie

an und verlasse schnell das Zimmer. Ich flüchte vom Tatort.
Ein Mädchen läuft an der Tür vorbei, als ich herauskomme. Sie verschwindet die Treppe runter und aus der Haustür. Ihr Gesicht sieht aus, als wäre sie ganz knapp dem Tod entkommen. Jonah kommt langsam aus dem Zimmer, mit einer Decke um seine Schultern gelegt.
»Was war das für ein Scheiß?«, frage ich.
Jonah wedelt mit einer leeren Verpackung vor meinem Gesicht.
Katholisches Kondom.
Ich lache, laut.
»Ich dachte, es wäre witzig«, sagt er. »Ich weiß nicht.«
»Der Witz hält nicht so lang«, sage ich. »Ein Baby hält für Jahrzehnte.«
»Ich weiß. Es ist dumm.« Er drückt seine Hände gegen seine Augenhöhlen. »Ich muss jetzt schlafen. Nacht, Jasper.«
»Nacht, Nacht.«
Er wirft die Decke hoch, so dass sie sein Gesicht bedeckt, und stolpert zurück ins Schlafzimmer.
Auf den Fluren und auf den Treppen und dem Boden unten schlafen Leute. Zwei Jungen von der Bacant High sind noch wach und rauchen einen Joint in der Küche. Einer von beiden nickt mir zu. Ich gehe nach draußen, um mich hinzusetzen.
Der Himmel ist weit und weiß, mit einem Hauch von frühmorgendlichem Mintgrün. Rosa Wolken drücken sich aneinander und paaren sich. Sie bewegen sich in langsamen Gruppen über den Rand der Felder. Alles ist

sehr still. Die stillste Stille kommt immer nach dem lautesten Laut. Das liegt daran, dass die Stille ihren Arm um dich legen kann und auf die Lautstärke direkt hinter dir zeigen und sagen: »Schau dir das an, im Vergleich zu mir.«

Ich gehe um das Haus herum und finde Tenaya, im Schneidersitz auf der Motorhaube von Pings Auto. Sie raucht und wiegt eine Tasse Tee. Ich klettere neben sie.

»Morgen«, sagt sie.

»Ja«, sage ich. Sie gibt mir die Teetasse, und ich nehme einen Schluck, dann reiche ich sie zurück. »Letzte Nacht, das war – « ist alles, was ich als Nächstes sagen kann.

»Ich weiß«, sagt sie. »Wir hatten beide Angst und waren traurig und betrunken. Lass uns später darüber reden.«

Sie lächelt mir zu.

»Alles ist gut«, sagt sie.

»Ja.«

»Und was ist noch passiert?«

Ich schlucke. »Ähm«, sage ich. »Nichts.«

»Na los.«

»Gut.« Tenaya kriegt immer alles aus mir heraus. »Ich glaube, ich habe vielleicht Georgia Treely vergewaltigt.«

Tenaya lacht. »Ich glaube nicht, dass du irgendjemanden vergewaltigt hast, Jasper.«

»Na ja, ich habe ihr einiges an Drogen verabreicht und dann Sex mit ihr gehabt.«

Tenaya lacht wieder. »Das hört sich nach dem typischen Sex an, den das typische Teeniemädchen so hat.«

»Ich bin nicht sicher, sieht alles nicht so gut aus.«

»Sei nicht albern.« Tenaya trinkt den Rest Tee in einem

langen Schluck aus. »Können wir jetzt Ping suchen und dann hier abhauen?«, fragt sie.

»Ja«, sage ich. »Ich hab krassen Hunger.«

Wir streifen eine Zeit im Haus umher, bis wir Ping und Ana schlafend finden, in einem riesigen Schrank voller Socken. Wir wecken Ping, damit er uns nach Hause fährt, denn keiner von uns hat Lust auf den Marsch zurück zu Jonahs Wagen. Ping flucht eine Weile, als wir ihn wachrütteln, aber er merkt, dass auch er hungrig ist, und willigt ein, uns zurückzufahren.

Das Café, zu dem Ping uns fährt, ist eine Küche aus Plastik, mit fleckigen, malvenfarbenen Tischplatten und schlecht laminierten Menüs. Alle Kellnerinnen sind Ausländerinnen. Sie sprechen harte Buchstaben in ruckartigen Erdrutschen. Es ist sexy, wenn hübsche Mädchen hässliche Sprachen sprechen.

»Ich nehme das Früher-Vogel-Frühstück, bitte«, sage ich zur Bedienung.

»Das wahs?«

»Äh, das Früher-Vogel-Frühstück?«

»Wahs?«

»FRÜH-ÄR-VO-GÄL.«

Ich schürze meine Lippen um die Worte, als würde ich jemandem einen blasen.

»Äh. Ich nix verstehn.«

Es ist doch nicht mehr so sexy.

Ich flattere mit den Armen wie Flügel, gestikuliere dann mit meinen Händen Richtung Mund. Sie lächelt. Jonah und Tenaya lachen. Schließlich zeige ich im Menü einfach drauf.

Wir essen schnell und schweigend. Als Ping mich vor unserem Haus absetzt, denke ich nur noch an Schlaf. Mum denkt nicht an Schlaf. Mum steht an der Tür, mit den Händen in den Hüften.

35

Der Polizeiverhörraum, in dem ich sitze, riecht nach altem Holz und Kaffee. Er riecht wie ein Raum, in den Leute nicht gern reingehen. Sogar die Farbe an den Wänden will weg. Ich will weg.

»Ich will gehen«, sage ich. »Ich bin wirklich müde.«

Mir gegenüber ist ein Mann, der sich als PC Holloway vorgestellt hat. PC Holloway hat einen sehr leichten Schnurrbart und große blaue Augen. Seine Hände umschließen einander auf dem Tisch. Er blickt mich an. Der Blick, den er mir zuwirft, ist neutral. Ich habe Schwierigkeiten, seine Körpersprache zu lesen.

»Du musst einsehen, dass das eine ernsthafte Vergeudung von Polizeiaufwand bedeutet hat«, sagt er.

Er redet von Keith. Davon, dass Keith nicht wirklich ein Mörder ist, und ich es falsch verstanden habe, weil ich manchmal zu viel und zu angestrengt und zu lang denke. Eine mögliche Erklärung dafür könnte sein, dass meine Fantasie ein reißender Fluss ist und mein Körper ein Schiff auf diesem Fluss, und das Schiff wird manchmal vom Strom weggetragen, aber muss lernen, ihm zu widerstehen. Mein Kopf tut weh.

»Ich verstehe das«, sage ich. »Und es tut mir sehr, sehr leid.«

Er steht auf. Ich stehe auf.

»Setz dich wieder«, sagt er.

Ich setze mich wieder.

»Das war nur ein Scherz«, sagt er.

PC Holloway hat einen guten Humor. Einige der witzigsten Menschen auf der Welt sind Männer. Seine Frau kann sich glücklich schätzen.

Er führt mich zur Tür der Polizeistation und wuschelt mir durchs Haar.

»Sei brav«, sagt er.

Ich wünschte, PC Holloway wäre Mums Mann.

Ich finde Mum auf den Stufen zur Tür der Polizeistation. Sie raucht eine Zigarette. Ich setze mich neben sie.

»Mum?«, sage ich.

»Ja, Jasper.«

»Zigaretten enthalten Teer, der deine Lunge schwarz färbt und bewirken wird, dass sie sich selbst aufisst«, informiere ich sie.

»Ja, Jasper«, sagt sie und drückt die Zigarette aus. »Danke.«

»Du solltest nicht wieder mit dem Rauchen anfangen. Ich weiß, du hast Stress, aber Krebs ist stressiger, schätze ich.«

»Ich weiß.«

»Okay«, sage ich und stehe auf. »Können wir jetzt nach Hause?«

»Ja, können wir.«

Mum ist sauer auf mich, weil ich dafür gesorgt habe, dass ihr Mann verhaftet wurde, aber sie liebt mich immer noch, weil ich ihr Sohn bin.

36

8:30 Uhr. Ich wache auf. Radio 4 läuft. Ein Mann und eine Frau diskutieren über die Zukunft des 3-D-Kinos. Ich steige aus dem Bett und laufe rüber ins Badezimmer. In der Dusche huste und zittere ich. Meine Lungen sind verschandelt mit Graffiti von billigen, ausländischen Zigaretten. Das Wasser wärmt. Mein Kopf wird frei.
Ich bin sehr verwirrt.
Ich fühle mich hohl.
Ich fühle mich nicht ausgefüllt.
Aber ich hatte Sex mit Georgia Treely?
Okay.
Georgia Treely ist hübsch. Georgia Treely ist sexuell anziehend. Ein Gericht personifizierter Tiere hat beschlossen, dass ich Sex mit Georgia Treely haben soll. Ich hatte Sex mit Georgia Treely. Sex ist alles. Sex ist was für Werbewände und Magazine. Es ist nichts, weswegen man wegweisende Entscheidungen über das Leben treffen sollte. Sex sollte der Nebeneffekt von etwas anderem sein. Georgia Treely ist eine Kuh, die ich getötet habe, um ihr Leder zu kriegen. Du solltest Kühe nur töten, um Fleisch zu bekommen.
Was soll das dann alles heißen? Egal, wenigstens werde ich nicht Vater.

Ich trockne mich ab, ziehe mich an und gehe runter. Keith sitzt am Küchentisch und liest *The Sun*. Er schaut auf.
»Hallo«, sage ich.
»Morgen.«
Als wir von der Polizeistation zurückkamen, hat Keith gesagt, dass er mir verzeihen würde. Er ist ein Mann von außerordentlicher Charakterstärke. Er hat allerdings damit aufgehört, mir seine jovialen, freundlichen Namen zu geben. Ich werde hart dafür arbeiten müssen, sein Vertrauen wiederzuerlangen, so dass er mich irgendwann wieder Kumpel nennt.
Ich gieße mir ein Glas Milch ein und trage es runter zum Schuppen am Ende des Gartens. Ich nehme meinen Notizblock hinter einer herumstehenden Schaufel hervor und nehme die Arbeit an meinem Roman wieder auf. Mein Roman ist fast fertig. Es ist die Geschichte eines jungen Mannes, der mit starkem Charisma und Verstand gesegnet ist und der versucht herauszufinden, was er machen soll und wie er es machen soll. Es hat alles, was ich wollte: eine Art Vergewaltigungsszene (sorry nochmal, Georgia), eine Art Enthüllung (sorry nochmal, Keith) und irgendeine Moral. Ich weiß noch nicht, was die Moral ist, aber es wird ganz sicher eine geben.
Ich bin Holden Caulfield, nur weniger draufgängerisch und attraktiver.

37

15:28 Uhr. Ich sitze mit Tenaya bei ihr im Garten. Die Sonne ist riesig und nah. Die Hühner gackern. Eine Kanne Tee steht zwischen uns.
Ihre Mum kommt durch die Fenstertür. Sie trägt ein T-Shirt mit der Aufschrift: »BOYKOTTIERT ISRAEL«. Sie hält einen Teller mit Vanillekeksen.
»Danke, Mum«, sagt Tenaya. Sie ist so verwirrt wie ich.
»Danke, Mrs Enright.«
»Dad ist weg, Ten«, sagt ihre Mum.
»Ich weiß.«
»Er wird eine Zeitlang bei einem Freund wohnen.«
»Ich bin siebzehn, Mum. Dad und du, ihr lasst euch scheiden.«
Die Augen ihrer Mutter schließen sich halb und füllen sich mit Tränen. Die fließen heraus und laufen ihre Wangen herunter.
»Es tut mir leid«, sagt Tenaya.
Sie steht auf und umarmt ihre Mutter. Ich stehe auf und umarme Tenayas Mum von hinten. Ihr Hintern drückt sich gegen meine Leiste. Wir sind ein Tenayas-Mum-Sandwich. Aber das ist nicht der Zeitpunkt für Erektionen. Ich denke an Terry Wogan, nackt, beim Judo mit Louis Walsh.

Nach ein paar Minuten löst sie sich von uns. Sie streicht mir durchs Haar.
»Ohne ihn geht's Ihnen sicher besser, Mrs Enright«, sage ich.
Tenayas Mum schlendert zurück in die Küche. Wir setzen uns wieder hin und sehen zu, wie sie Pfannen von den Haken an der gekachelten Wand nimmt. Der Geruch von gebratenen Zwiebeln dringt in den Garten.
Ich lege, leicht sexy, meine Hand auf Tenayas Hand.
»Jasper«, sagt sie, »was machst du da?«
»Das ist für meinen Roman«, sage ich. »Er braucht mehr Charakterentwicklung und eine Auflösung.«
»Oh.«
»Kann ich schreiben, dass wir uns küssen?«
»Wenn du willst«, sagt sie.
»Okay.«
Wir küssen uns.

Thomas Klupp

»Ein todkomisches Roadmovie.« Neon

Thomas Klupp
Paradiso

Eigentlich wollte er auf kürzestem Wege von Potsdam nach München reisen. Aber nichts im Leben von Alex Böhm ist vorhersehbar. Er fährt los und wird in die Heimat verschlagen, wo sich bodenlose Abgründe auftun. Auch die gehören zu seinem Leben, und das ist kein Wunder bei einem, dessen Charakter geprägt ist von einem chronischen Mangel an Moral …

»Dieser Alex hier ist der echteste, trockenste, komischste Typ, dem ich seit Jahren zuhören durfte.« *Saša Stanišić*

Weitere Informationen: www.berlinverlag.de